[青少年阅读文库]

家园的故事丛书

灰猫头鹰

［俄罗斯］米·普里什文　著

王冰冰　何茂正　译

广西科学技术出版社

图书在版编目（CIP）数据

灰猫头鹰 /（俄罗斯）米·普里什文著；王冰冰，何茂正译.
—南宁：广西科学技术出版社，2012（2020.6重印）
（家园的故事丛书 / 金涛，孟庆枢主编）
ISBN 978-7-80666-185-7

Ⅰ．灰… Ⅱ．①米…②王… Ⅲ．短篇小说—作品集—
俄罗斯—近代 Ⅳ．I512.44

中国版本图书馆 CIP 数据核字（2012）第 070090 号

作品名称：《灰猫头鹰》
作　　者：米·普里什文 ©
版权中介：中华版权代理总公司
　　　　　俄罗斯著作权协会

家园的故事丛书
灰猫头鹰
HUI MAOTOUYING

责任编辑	罗煜涛	封面设计	龚　捷
责任校对	李文权	责任印制	韦文印

出 版 人　卢培钊
出版发行　广西科学技术出版社
　　　　　（南宁市东葛路 66 号　邮政编码 530023）
印　　刷　永清县晔盛亚胶印有限公司
　　　　　（永清县工业区大良村西部　邮政编码 065600）
开　　本　700mm×950mm　1/16
印　　张　13
字　　数　130千字
版次印次　2020 年 6 月第 1 版第 4 次
书　　号　ISBN 978-7-80666-185-7
定　　价　28.00 元

本书如有倒装缺页等问题，请与出版社联系调换。

序　言

　　家园，是个闻之令人心驰神往的字眼。尤其是对于许多少小离家、浪迹天涯的游子，那是一个个具体的、鲜活的、渗透着欢乐和忧伤的画面和镜头。

　　家园，依我肤浅的理解，是留下先人足迹与血汗的故土，是每个人生命之河的源头，有时也是多姿多彩的人生之旅最难忘怀的小小驿站。

　　固然，在每个人的心灵深入，对家园的诠释依人生阅历的不同，又是异彩纷呈的。

　　外婆的澎湖湾，故乡的田间小路，夜色初升时提着小灯笼在田野草丛嬉戏的萤火虫，童年小伙伴扎猛子、学狗扒的小池塘，暴风雨中的电光和惊天动地的一声霹雳，秋高气爽的天空中排成"人"字形的雁阵，除夕之夜的鞭炮声，雪花纷飞的冬夜，第一次背着书包踏进课堂的惶惑及慈母的叹息，情人的热吻，婴儿的啼哭……所有这些刻骨铭心的记忆，无

不是家园在我们心头摄下的影像，随着岁月的流逝反而会变得更加清晰。

对家园的依恋，大概也是人性中无法改变的怀旧情结吧。

不过，对于人类整体而言，不管肤色、民族和国籍有怎样的差异，也不管文明的发展程度和意识形态有怎样的不同，我们都有一个共同的家园，那就是人类赖以生存的地球。

科学的发现和人类的历史都证明：地球，这颗宇宙中最美妙的星球是人类诞生的摇篮。地球上的山脉、河流、海洋、湖泊、岛屿、森林、草原、沙漠、田野……不仅为人类世世代代繁衍提供了生存空间，也为人类文明进步和社会发展贡献了源源不断的自然资源。地球上的空气、水和土地，是人类生存不可或缺的基本要素。至于千姿百态的花草树木和种类繁多的鸟兽虫鱼，不仅是人类生存的必需品，也是人类的忠实伴侣。

人与地球的关系，从深层次探究，不仅仅限于地球赋予了人类生存发展的物质基础，在长达几万年或许时间更悠长的历史进程中，地球的自然界构成了人类的精神家园。山川的秀美，沧海的壮阔，日出日落的庄严，寒来暑往的韵美，乃至莺飞草长的无限春光，万物欣荣的繁华盛景，秋风秋雨的万般愁思，雪压冬云的苍凉寂寞……凡此种种大自然的物换星移，均深深植入人类的精神世界，幻化为艺术的创造、理念的思维、情感的寄托，最终成为人类生存的必要前提。

然而，时至今日，举目四望，人类的家园处于风雨飘摇

之中。被誉为"地球之肺"的热带森林在机器的轰鸣声中成为寸草不生的荒山秃岭，肥沃的土地因失去植被的庇护而水土流失而变成赤地千里的荒原；千千万万的飞禽走兽被捕杀殆尽，人们只能在博物馆的柜橱里看到它们的遗骸；昔日奔腾的江河已是毒液翻涌，变为死亡之河；一颗颗明珠般的美丽湖泊黯然失色，在无奈和悲伤中走向死亡；甚至连浩瀚无垠的海洋也充满毒素，再也无法维持众多水族的生存。至于人类头顶的天空，空气混浊，酸雨霏霏，日渐撕碎的臭氧空洞，正在给人类带来防不胜防的灾祸……

这不是危言耸听。人类的家园到处响起了告急的警报：春风伴着遮天蔽日的烟尘四处肆虐，无情的滚滚流沙步步逼近繁华的城镇，江河泛滥洪水滔滔千里原野变为沼泽，旱魃的魔口在非洲每天吞噬成千上万条生命。至于水资源的匮乏，环境的污染，珍稀物种的灭绝，疾病的蔓延，已经不再是个别的事件了。

人类，也许只有在失去了美好的事物之后才会懂得珍惜。对于正在失去的家园，理智而未丧失良知的人开始奔走呼号，呼吁社会竭尽全力加以爱护地球，因为越来越多的人开始意识到，一旦人类毁弃了自己赖以立身的家园，最终毁灭的是人类自己。

我们正是怀着如此真诚的心愿，选编了一套《家园的故事丛书》。这些体裁不同、风格迥异的作品，虽然是出自不同国家的作家之手，但是他们都是以对大自然的关爱，从不同的侧面展示人类的家园的美丽。这里有对弱小生命细致入微的

观察，也有对生态环境遭到污染的忧思；有的从人与自然的和谐反思人性的偏颇，也有的以诗一般的语言唤醒人的良知……总之，这些作品的共同主题是关爱我们人类的家园，倘若读者能从中受到感悟，从我做起，用爱心珍惜我们周围的一山一水、一草一木，使人与自然和睦相处，使人类的家园免遭厄运，永葆青春，那么我们的努力就达到了预期的目的。

金　涛　孟庆枢

目　　录

第一部
漫游鸟兽不惊的国度

灰猫头鹰是谁?

我是在书本里跟这位灰猫头鹰结识的,这本书里写的全是灰猫头鹰——一位英武的北美印第安部落后裔的故事。

当我还是个小孩子的时候,我曾经很认真地盘算过跑到印第安人那儿去。

我要跑到印第安人那儿去的计划当时并没有实现,而现在——多么幸运啊!——我的这本书却仿佛把我童年时就想见到的印第安人径直带进了我的房间。

我收到《灰猫头鹰》这本书的英文版之后,逐字逐句地把它翻译了过来,但是这种翻译,正像许多译本一样,已同作者原来的讲述面目全非了。我觉得,如果把灰猫头鹰在寻找不知惊恐的鸟兽国度过程中的生活奇遇,用我自己的话讲给我国读者听,会有趣得多。

1

我很喜欢这本书，首先是因为灰猫头鹰真诚地讲述自己，也真实地描写了那些动物。

当灰猫头鹰讲述海狸的生活习性时，我仿佛看到了两个形象，或者说是两个主人公：一个是海狸，那只实实在在的海狸；另一个是照料海狸的人，即灰猫头鹰。我早就认为，这样既描写人又描写动物，才是描写动物的准确方法，但是，灰猫头鹰本人却完全没有考虑什么艺术方法之类的事，他只是如实地描写了加拿大猎人怎样猎取海狸。他的书以描写加拿大森林遭受破坏，印第安人所认为的神灵动物——海狸被毁灭开始，以人们自觉地保护和繁殖海狸而结束。与描写海狸的生活相平行，作品中还写了作者的生活——从搬运工、船工、兽类猎手，到加拿大禁猎区出色的工作人员，到描写动物的著名作家（其作品译成了各种语言）。

印第安人的热烈情感，对我这位俄罗斯读者来说，显得特别亲切。我是那么渴望知道："在山那边"（印第安人的说法）、"在蓝色的大海那边"（我们的说法），都有些什么。

当一些受古斯塔夫·艾玛尔①小说影响的中学生打算离开中学校园，跑到印第安人那儿去时，我本人也多少受到了那个时代的影响。

我至今还认为，我从中学里逃跑出来，丰富了我的经历，我作了无止境的漫游、打猎和进行创作。

在这种感情的支配下，我们有许多人成了著名的学者，

_____

① 古斯塔夫·艾玛尔（1819～1883），法国作家，创作过多部长篇惊险小说。

其中就有普尔日瓦里斯基①。

我曾不止一次地想讲一讲自己到那个不知惊恐的鸟兽国度的漫游经历；而现今，这个印第安人——光荣而勇敢的部落的后裔，从那个我还是孩提时就想去的国度里，不请自来，给我们讲了他在那儿所经历的一桩桩事情。

灰猫头鹰（他的老乡因他惯于夜间活动而给他取的外号），并不是纯印第安血统：他的父亲是一个在加拿大工作的英国人，娶了一个纯印第安血统的女人。这位英国人认为红种人受白种人的压迫是不公平的，心里有气，以至于连公职都放弃了。显而易见，他生活得很贫困。

灰猫头鹰，这位红皮肤的猎人，学会了老乡们在森林里活动的生活方式：把抓毛皮兽的捕兽器架在森林里，还当搬运工、向导、船工；战争时期，他应征参加欧洲军团，在欧战中成了一名狙击兵，两次受伤，后来回到加拿大森林里重操旧业，猎捕野兽，以毛皮换钱为生。欧洲文明带给这位年轻人的是深深的创伤，他在自己出生的北方森林里，陷入极度的空虚中：森林遭受破坏，野兽灭绝了。这种环境可能使一个人陷入绝望境地，但是，这位猎人相信在山那边的某一个地方，一定会有一个幸福的国度，那儿的森林完好无损，到处有野兽和飞禽。这个想法成了这位年轻人的动力。这本书的故事，就是从他乘坐独木船到千里之外，去寻找那个还没有留下人类刀斧痕迹的美好国度开始讲起的。

---

① H. M. 普尔日瓦里斯基（1839～1888），俄国著名旅行家、作家。

追寻幸福

他这次旅行,是从加拿大北部的一个小城镇开始的。很久以前,灰猫头鹰曾在这座小城镇里卖过他从附近森林里猎取的毛皮。其实,整座城镇只有一个"古特卓诺夫湾公司",再就是一个锯木厂。此外,沿着山坡零零散散地盖了50来座小房子,旁边是印第安人的营地。在这座叫比斯卡的城镇里,连平平常常的街道和花园都没有。尽管如此,比斯卡仍是一个相当有名的小城镇,因为它坐落在几条大河的中心处,这些大河中有西班牙河、白河、密西索加河和玛塔夫加米河。往南有道路通往古伦湖和它的上游地区,往北有道路通往北冰洋。当地的船工和向导闻名遐迩。这昂达里奥省的阿里干玛区,不久前是加拿大北部最富饶的毛皮产地,但时过境迁,在这富饶的地方出现了一批"猎取毛皮的流浪猎人",不客气地说,那是一批想发横财的人,于是,这个地区的自然环境就遭到了破坏,野兽几乎绝迹了。

不用说,比斯卡没落了。但不管怎么说,这座小城镇是我们的主人公灰猫头鹰的故地。他的大半生是在那广阔的森林中度过的,森林深处延伸着几百千米的河道,灰猫头鹰一年两次乘坐他的轻便独木船,穿过茂密的森林,沿水路来到比斯卡,在这里卖掉毛皮,购买食物,再漂回到故乡的森林里去。

哎，现在一切都完结了，永别了，白皮肤和红皮肤的朋友们！灰猫头鹰要漂到远处去了，漂到那个不知惊恐的鸟兽国度去了。他心情沉重，但那一天并不只是他一个人告别故地，一同告别那个凄凉的、被洗劫一空的地方的，还有其他一些猎人。可是，灰猫头鹰前往不知惊恐的鸟兽国度的路上，却没有一个同伴，别人全往密西索加河深处，往生长着云杉的山崖那边，往长着槭树的山岭那边去了。

在一个忧郁的春天的傍晚，灰猫头鹰孤独地告别了故乡的小镇，桨声哗哗，独木船轻便地载着他沿着吉凶未卜的路途，越行越远。在船桨有节奏的划水声中，河水唱着歌，送他走了大约 19 千米便到达了第一个分水岭。6.5 千米的分水岭，要把行李和独木船拖过去，那是相当长的距离，何况地上还相当的滑。但这样的路对于受过艰苦的森林生活锻炼的印第安人来说没有什么可怕的，相反，干活驱散了他头脑里的愁苦情绪。当然，一下子把所有的东西都运走是不可能的，必须先运走一半，再返回来运另一半。他在日落之后很快就干完了活儿。这位寻找幸福的人儿睡至半夜，就起来乘上独木船继续赶路了。

希望去的国度在很远的前方，周围的地方他都熟悉，方圆好远的地方他都走遍了，这些地方过去都是富饶的猎场。一场森林大火之后，这里便变得一片荒凉，只剩下光秃的山岩、烧焦的树干了——多么令人忧伤的景象啊！灰猫头鹰匆匆忙忙地向前赶路，向东北方向走去，向北部魁北克的阿比吉比地区赶路，据说那里居民很少，只是稀稀落落地住着一

些奥季布瓦部落的印第安人。

他在寻找毛皮野兽的过程中曾经走过多少地方啊！通往不知惊恐的鸟兽国度的大部分道路，以前都曾经走过，而现在只勉强认得出来，到处可以看到大火洗劫后的铁轨，到处是废墟，到处是毁坏的痕迹。真不愿意看那些人，他们是当地森林居民中的伐木工人，现在垂头丧气，肮里肮脏，披头散发。这些人在自己的"石头院子里"挨日子，指望着每年两次的"收成"：一次是储存雪，另一次是采石头。多么不可思议的变化啊！不安的情绪在心里油然而生，这位旅行者情不自禁地给自己提出了这样一个问题："往后会发生什么事情呢？"

而往后是越来越多的失望。是呀，通往不知惊恐的鸟兽国度的道路并不平坦呀！这里是古老的、曾一度闻名的玛塔夫加米要塞，现在它已完全被淹没了，只剩下建在干燥山丘顶上的一个小教堂还露出水面，而山丘四周一片汪洋。灰猫头鹰乘着独木船直接向教堂门前的台阶划去，在那儿安排午饭。对岸可以看到一座商港，那只是一幢冷冷清清的、令人感到不愉快的建筑，距此至少有 800 米。吃过饭后，灰猫头鹰也不拐弯，从它旁边划了过去。在路上灰猫头鹰有时也会碰到熟人，他们向他讲述他以往的朋友和同事的极其不幸的遭遇。有这样一个曾住在被水淹没的玛塔夫加米的老磨坊主，他一度靠"古特卓诺夫湾公司"的租息为生，而今却一直在为自己的磨坊而伤心，再也振作不起来，而老朋友、同事、船工、搬运工、向导们（人们管向导叫"印第安人的邮递

員")也都陷入到同样的境地了！还有从埃尔勃根湖来的玛克·列昂德——他的命运更是悲惨：划船的时候弄伤了大腿。谁也安慰不了他，他在诅咒和愤恨中死去了。还有一位远近闻名的老猎人，叫约翰·布法洛，来自蒙特利尔河，他几乎是印第安人的象征，也悲惨地死去了。这种种不幸遭遇几乎在所有的朋友身上都发生过：这个人得了坏疽病，那个人得了风湿病……他们被赶出森林，不得不在小城里混度余生。真难以想象啊！像安吉·留克这样的著名旅行家，身背182千克的东西如同儿戏一样，而现在却在铁路上打短工！壮汉阿列克·兰戈维，一个在雪地上滑行80千米而一点儿不在乎的人，如今不得不到魁北克去猎取貂皮，灰猫头鹰还曾见到他空着手回来。还有多米·萨维列，一位白皮肤的印第安人，他一生下来就成了奥特什勃夫部落的人，疟疾的肆虐，他没能躲过，勉强活了下来。他现在住在某个城市里，深深地思念着自由自在的森林生活。据说，他对森林的思念达到了这种地步：他常常来到房子的地下室，用细碎的木屑点起小小的篝火，在上面煮上一壶茶，久久地在这石砌的地下室里体味那令人神往的森林打猎生活。当然，这一切只说明，那可以自由驰骋的广阔无边的森林已不复存在了，留下来的只是一种梦想，仿佛不是在这里，而是在远方，在某个地方，还存在着一个没有被人类侵扰的、鸟兽不惊的国度。

但是，往后的情况并不比沙依林特里和哈瓦干达这样曾经是富饶的地区好多少。起初，当这些地方没有铺上横贯森林的铁轨的时候，资本主义的发展没有使一切黯然失色的时

7

候，人们还保存着良好的森林传统，什么力量也不能剥夺他们对幸福生活的向往，或早或晚总能寻找到金矿脉的希望使人们充满信心。现在，哈瓦干达湖周围的这些地方都被烧光了，原来森林葱郁的地方到处是光秃秃的岩石。

灰猫头鹰就这样划着自己的独木船日复一日地向前行进着，不多不少正好走了650千米路程，来到了铁路线上的城市杰米斯卡民克——安大略。很早以前，这里还是一个边境港口的时候，他来过这儿。在没修建铁路之前，各国的体育爱好者都到这尚未开发的地方来，满足自己狂热的冒险欲望。当时，灰猫头鹰和跟他来的印第安人就为这些人做向导。当冬天来临的时候，向导们聚在一起，愉快地回忆着夏天的冒险活动，相互阅读着"老爷们"友好的来信，这一切不过是15年前的事。在这段时间里，这座边境港口竟变成有公路相通的喧闹的旅游者之家了。灰猫头鹰到达这里时，正巧一个纽约来的团体需要一名向导，灰猫头鹰谋到了这份工作。这是一些快乐的人，对他非常友好，出来度假的美国人往往都是这样的。不过，现在这些人对待向导有了某种虚伪的色彩。以前，向导是他们的志同道合者、旅游的共同参加者；现在，向导成了他们的仆役、奴才和拍马屁的人，以至于为这些老爷服务时必须戴上白手套！那些习惯过去生活的人，看到这些新规矩，只是摇摇头，又不得不像其他人那样做。有什么办法呢！既然森林里已经没有毛皮野兽了，人们就得找点活儿干啊！灰猫头鹰知道这些新规矩，安置好了邮寄来的东西，就带着他们前行了，他还得向前航行490千米。他补充了自

己随身携带的食物，乘着自己的独木船，很失望也很生气地往前划去。以往的森林狩猎生活只能成为回忆了，而面对周围残缺的森林，他连看也不愿意看了。

灰猫头鹰的婚礼

再也没见到广阔无边的森林了。"应该再去寻找森林"，灰猫头鹰把自己的东西从一个地方转寄到另一个地方。在稍大一些的市镇上多弄一些东西，便又向前航行了。不过到了秋天，他就常常停下来，把捕兽器随便放到一些地方。就这样整整过了两年，他乘着自己的独木船航行了 3230 千米的路程。由于前行的路被迎面的激流截住，因此行程越来越艰难，不得不经常在分水岭处将物品和独木船从一条水路拽到另一条水路上。灰猫头鹰在这些分水岭上受尽折磨。他感到惭愧的是，后一部分路程还得乘火车。作为广阔森林的忠实儿子的印第安人，如果不是身体极度疲乏的话，是不必坐火车的。灰猫头鹰所以坐火车，是因为无论如何需要跟一个人互通信息。灰猫头鹰一年前在当过向导的一个疗养小镇上跟自己的通信人见了第一面，那是一个可爱的、有才能的、稍微受过教育的易洛魁族的印第安姑娘。她大概比灰猫头鹰的社会等级高，然而，在他看来，灰心丧气是不值得的，他开始果断地追求她，事情也的确进行得很顺利。确切地说，灰猫头鹰乘着自己的独木船到达同铁路车站相连的基地后，按原来商

量好的，给自己的未婚妻买了一张车票，她收到后就来了，并且嫁给了他。

这就是灰猫头鹰的全部的婚姻过程！

新婚夫妻俩对许多问题的看法截然相反。灰猫头鹰是在自己的姑姑——一个英国女人家长大的，除了对地理、历史和英语有些兴趣外，其他方面没有显露出什么独特的才干。况且，灰猫头鹰的英语虽然掌握得不错，但遗憾的是，他幼年时代是在森林的抚育下度过的，大部分时间不是不说话，就是跟那些完全不懂英语的人说话。不过，出色的记忆力和对读书的异乎寻常的渴望仍然维持着他那早在童年时就勃发起来的对语言的兴趣。对灰猫头鹰来说，英语仿佛像一件只有在重大节日里才穿的新衣服，穿上它觉得极不自然。他在社会上一直这样生活着：他刚一觉得委屈，就开始沉默，把自己封闭起来，仿佛害怕失去自由似的。灰猫头鹰的这一性格特点在战时服役期间表现得特别明显。他对获得军官头衔一点也不感兴趣，对仕途生活也不感兴趣，他作为普通士兵参了军，由于受伤的缘故，也为了仍然能像从前那样生活，他以普通士兵的身份离开了军队，回到自己心爱的森林里。当过狙击兵的经历并未使他对白种人的态度有所好转，相反，认为资产阶级文明不能给人们带来任何好处的那种印第安人的观念在他身上更加牢固了。而在欧战中，他这位被压迫的、几乎被灭绝的少数民族的代表，实际上又能得到什么呢?!

不过，不应该把我们的灰猫头鹰和当今那些悲观主义者混为一谈。这位印第安人坚信，在山那边的某一个地方，一

定会有一个不知惊恐的鸟兽之国可以行猎。他的这种信念是任何恶劣环境都不能使他改变的，什么东西也不能遏制他渴望知道、渴望亲眼去看一看山那边那个特殊的新世界的愿望。

灰猫头鹰的妻子叫格尔特鲁达，他用印第安语管她叫阿娜哈里奥（"矮马"的意思），她不是很有文化，但却有一颗极其高尚的心灵。她出身于易洛魁族的一个首领之家，她的父亲曾是开创过渥太华①历史的人物之一。

阿娜哈里奥生性高傲，她在社会上很会应酬，曾是一位出色的芭蕾舞演员，喜欢穿漂亮的衣裙。追求这样的一位姑娘，灰猫头鹰是花了很大力气的。他曾留着编成辫子的长长的头发，鹿皮裤子上结着长长的穗子，围巾向后系成小尾巴状，前胸左右并排装饰着许多英国式的佩针。灰猫头鹰干吗要用这些当时非常有用的佩针来装饰自己呢？因为这些佩针白天可以做装饰，夜里可以用它们把衣服分开晾挂起来。关于灰猫头鹰的性格，还应补充一句，他有许多根深蒂固的、不完全符合社交界的习惯。他在水上划桨的时候，怎么也不讲话，而在陆地上、在森林里，已非常习惯于鱼贯地行走，以至于并排和别人走在街上时，他必定要轻轻地推人一下。

在森林狩猎生活中很快发现，阿娜哈里奥使起斧子来并不比灰猫头鹰差。不妨欣赏一下她安置旅行帐篷时的情景，尽管当时人们看不惯女人穿男人的服装，但阿娜哈里奥却穿上了方便的男人裤子、高腰的猪皮靴和胶布衬衫。婚前灰猫

---

① 渥太华，加拿大首都。

头鹰给她买了几米斜纹布或者类似的礼物，但你只要看她打猎，就会想到，什么布料也不该给她买，而该给她买斧头或者武器之类的东西。阿娜哈里奥看到那布料，拿起剪刀、铅笔，开始胡乱剪起来。灰猫头鹰紧张地看着一块好好的、昂贵的布料给糟蹋了。但是只一会儿功夫，这可怜的一堆碎布头就变成了一条无可挑剔的、简直可以说非常漂亮的马裤。当然，要干男人的活她还远远不行，不过干裁缝这种活，她可算得上是一个出色的师傅了。

她的嫁妆有一大箱子衣服，一袋子衬衣，一本名为《自由的力量》的书和五本读破了的欧文①的《书信集》，她有时拿出这几本书作家务指南。除此之外，嫁妆里还有一顶极好的细毛毡帽，灰猫头鹰将它占为己有，直到现在他只在特殊场合才戴它。那几本《书信集》原是阿娜哈里奥姐姐的，这对森林夫妇本打算一有机会就把这些小册子邮走，可后来改变了主意。

阿娜哈里奥常常陷入极度的忧郁中，但从未流露出忧郁的神情，只有一次她求丈夫给她买一台收音机，但当时灰猫头鹰对收音机有一种偏见，仿佛穿过大气层的电流会影响天气一样。他听着收音机，觉得是蒙特利尔或者洛杉矶某个地方的年轻人在唱歌，引得森林中出色的工人都不想滑雪了。这使他感到不舒服，因此压根儿不愿谈收音机的事。他经常用这样一种消遣取代收音机——每天站在小屋的小窗口旁，

---

① 欧文（1783～1859），美国作家。

用些时间目送太阳，这时感觉十分美好！生活中的乐趣还是很多的：他俩日出前起床，有时则整夜整夜在森林里度过。他们对待小雪橇、滑雪板就像对待良种马那样精心，以至这个瘦弱的女人常常错过午饭时间，她渐渐地有点儿嫉妒灰猫头鹰对森林的感情了，可他却总在她耳边悄悄地讲森林中什么地方有许许多多的貂，他要把自己所有的空余时间都用来寻找那个神秘地方的那些不知惊恐的小野兽。阿娜哈里奥对那有着不知惊恐的小野兽的地方开始产生一种憎恶的感情，可是灰猫头鹰却沉浸在他那迷人的幻想中，完全没有注意到她的心理变化。

他们就这样吃饭，睡觉，连做梦都是捕兽器和打猎；他们一到傍晚就趴在地图上，仔细琢磨新的路线或者为新的游猎做准备。这工作占去了灰猫头鹰的所有时间，因此没有功夫谈别的事。打猎成了灰猫头鹰神往的事，他像所有的打猎狂一样，试图强迫别人也对此神往。

转　变

紧张的劳动生活和猎人职业所决定的永不停息的迁移，都没能缓解家庭生活中的极隐秘的不平衡——尽管这种不平衡已经达到不能再容忍的程度！秋季和入冬前的日子，那种带着打猎装备东奔西跑和察看捕兽器捕捉情况的奔忙简直到了令人吃惊的地步。圣诞节前一天，灰猫头鹰出去不长时间

就回到了家，他看到自己的娇妻一副可怜巴巴的样子：她头发蓬乱地躺在床上，哭过的眼睛红肿着。起初，丈夫怎么也不明白发生了什么事，在他看来，日子过得相当不错！他从来不是一位冷漠的、粗心的丈夫，完全不是！他非常尊重、珍视自己的妻子，并且赞赏她。在这样极其艰苦的日子里，怎能不尊重、不赞赏这样的一位女性呢?!

"尊重！"灰猫头鹰得到这样的回答，"但要知道，这是经常用于死人身上的话，又有什么意义？可以赞赏一场戏，而活生生的人在哪儿呢？"

她最终说道：

"我们就像带着挽具的狗一样生活：生炉子，狼吞虎咽地吃东西……"

这时，灰猫头鹰非常吃惊，他终于明白了，这个在露天的雨水中能笑着入睡的女人，正因吃饭时缺乏传统礼仪而发出痛苦的抱怨。

"讲下去，把没有讲出的话讲出来！"

"你只想着放捕兽器，放啊，放啊，越多越好，一心想着捉野兽，等猎物一到手，还吹呢：'瞧，我们捕到什么了，我们让许多同行感到嫉妒，感到不好受！'"

她最后一句指责的话使灰猫头鹰感到痛苦和生气。

"我有什么错？"他想，"要知道，我也是为了我们两个人的生存才拼命干的呀！不然能怎么办呢？瞧，现在毛皮价格在下跌，只有拼命地再去捕获猎物才能维持生活……这样做有什么不对呢？"

　　然而，尽管灰猫头鹰认为自己的话是对的，但他还是感到，在她的抱怨中隐隐约约闪现着他不愿接受的真理。

　　灰猫头鹰有些委屈，有些慌乱，但没有生气。他听完这些话，从家里出来，来到自己喜欢的一个土丘上。他在那儿点起一堆火，坐了下来。他点上一根烟，熟练地用手扒着一只被打死的紫貂，回味着刚才发生的事。他陷入深深的思索和自我斗争中，而阿娜哈里奥此刻也独自陷入这种情绪里。

　　宛如晴天霹雳，他猛然发现自己在漂泊生涯中竟滋生了一种利己主义，他开始觉得他所走的路是多么狭窄。什么尊重、关怀、赞赏，这一切与他现在的感受相比，都成了微不足道的事了。而他却把这些微不足道的东西呈献给把整颗心都交给了他的女人！

　　明白了这一切之后，灰猫头鹰放弃了自己的那种男子汉的自尊心和大丈夫的威严，沿着狭窄的山路，向营地跑去。

　　"可别晚了！只求别晚了！"

　　就在这个具有重大意义的晚上，当灰猫头鹰第一次深刻地认识了自己的时候，他心里渐渐产生了一个念头：要到人们用自己的劳动创造的那个国度——那个不知惊恐的鸟兽国度去，而不是到那个只是孩子式的幻想的国度去。就在这个晚上，他思想产生了巨大的转折，这个转折改变了他此后的生活。

捕猎海狸

不要以为这位猎人决定去捕捉海狸这种内心转变是突然发生的，童话讲得很快，但事情的变化并不是这么迅速。环境所逼，突然性的转变有时可能是在短期内完成的。不过，我们这里讲的转变，是一个漫长的思想进程——一个自我分析，奋发向前，返回出发点，再向新的目标前进的往返而漫长的过程。这种转变需要自律，自然是不可能一下子完成的。

尽管如此，笼罩在灰猫头鹰家庭生活中的可怕阴云，在那个有重要意义的晚上已经完全消散了。夫妻俩又像从前那样去狩猎，但他们一回到家里，就不再谈论打猎的事了。他们竟然觉得需要一个舒适的家庭环境，他们开始装饰自己的小屋，开始谈论以前从不谈论的事，如果白天打猎需要分开行动，那么他们也很快从两个方向集合到一起；在需要滑雪的路段分开行进时，第一个到达汇合地点的人会在雪地上写下一段戏弄的话。这样，幸福又渐渐地返回来了。阿娜哈里奥又变得像从前那样精力充沛、乐观向上了。不过对灰猫头鹰来说，他受到的生活教训并没有完结，而这最终导致了一个不可思议的结果。

有了丈夫的新的关怀，他到哪儿打猎，阿娜哈里奥都忠诚地陪伴着他。她现在才称得上是真正地参加打猎了。在这年冬天，她很快地掌握了打猎技术，学会了出色地放置和察

家园的故事丛书

看捕兽器。她经常第一个开辟滑雪道路，她给灰猫头鹰的帮助超过了他过去的猎人伙伴们所能做到的。但是，这个在狩猎中坚强的、受过锻炼的女人，对猎人职业的残酷性并不是熟视无睹的。快冻僵的动物临死时的挣扎，一条生命抽搐地死去，或是被斧头柄打死的情景，或是被勒死时的哀求的目光，都深深地激起她的同情。但在这一切之后，一批一批的捕兽器又带来新的死亡。最糟糕的是，捕兽器还偶尔捉到许许多多不相干的飞鸟和松鼠，而且常常是，当你察看时它们还活着，有的还在大声地叫着或发出痛苦的呻吟声。多么可怕啊！动物们仿佛看透了阿娜哈里奥的心思，在为生存作最后的斗争时，总是求助于她那女性的仁慈心肠，例如，一只猞猁濒临死亡时就爬到了她脚边来。

这一切使阿娜哈里奥感到深深的痛苦。灰猫头鹰不只一次地感到奇怪，这个印第安血统的女人竟然不习惯于为了自身的生存而杀死一些动物。

灰猫头鹰像所有在广阔、寂静的森林国度里狩猎的印第安人一样，总是觉得动物也具有人性。因此，在内心里当然也有着对动物的某种同情心。但是，这种同情心并不能使动物逃脱厄运，再说，在生存的极端需要下，猎人的仁慈心又管什么用呢！他们唯一能做的就是别无缘无故地折磨动物，别无缘无故地杀害动物。

要是没有阿娜哈里奥，灰猫头鹰就不会受加拿大猎人的日常伦理的束缚了，就不会再去想别的事而使自己不安了。但现在必须考虑与自己志同道合的人的感情，不过这倒迫使他走出了自己的小圈子，睁开眼睛来看这个陌生的世界。因此，他开始注意一些在唯利是图的条件下被忽略的东西。在这种新的思想影响下，灰猫头鹰渐渐产生了对自己血腥事业的某种厌恶的感情。

当然，不能说猎人的心是残酷的，灰猫头鹰的所有转变就是受了这位女人仁慈心的影响。即使在过去迷信的日子里，当他还相信无线电波会影响气候的时候，他对动物的态度也不失某种正义感，尽管他没有觉察到这一点，但他还是以一种奇特的形式表现出来了。当然，这是跟印第安人的祖先——那些原始的幻想家们的影响分不开的。灰猫头鹰从他们那儿继承了一种非常迷信的法则，从青年时代起就不吝惜时间和劳力地去执行这一法则。旁观者不见得怎么认真地对待这些习俗，但对灰猫头鹰来讲，这些宗教式的习俗是有很大意义的。他打死熊以后总是把它身体的某一部分——颅骨或者肩胛骨——吊挂在他家附近一个显眼的地方，把剥了皮的海狸的躯体放在一个适当的地方，旁边堆着割下来的前脚、后腿和尾巴，一有机会，就把它的躯体及所有割下来的肢体放在费了好大劲才打出的冰窟窿里。如果想吃海狸肉的话，就把这种动物的不同寻常的膝盖骨分割开来，按宗教方式把肉放在火上烤熟吃。这种习俗不仅半开化的印第安人遵守，而且那些有相当文明的其他人也遵守。要是有谁问起这其中缘故，人们会告诉他，因为他们特别像印第安人。

灰猫头鹰在这些祖祖辈辈的习俗中加进了自己的准则，并且像对待祖祖辈辈的传统一样严格地加以遵守，比如，当

他陪伴一些旅行的猎人进入森林时，他决不允许他们对受伤的、还没死去的动物拍照，如果必须将它弄到营地去的话，一定要将它再放回去。春天，有一次灰猫头鹰捉到一只只有一个月的小狼，他把它带回家，精心照顾它，打算在它能自己找东西吃的时候再把它放回森林里去。尽管有他的精心照顾，这个孤单单的小动物仍觉得自己很不幸，它只有两种消遣方式：一是啃床下的一只旧的鹿皮鞋——这是它唯一的玩耍似的消遣，二是用它那双斜斜的、模糊的眼睛长时间一动不动地看着小屋的墙壁，仿佛能穿过墙看到很远的地方似的。小狼从不注意灰猫头鹰，只有在他给它送食物的时候，才看他一眼。它就这样用自己模糊的绿眼睛继续观察着自己心爱的地方，最终活了下来。

孤 儿

一次，在冬季狩猎的时候，灰猫头鹰去卖自己捕获的毛皮，但毛皮的价格很低，并且一降再降。这时森林猎场上还流传着原始森林里再也打不到什么猎物的谣言。

仅一年的时间里，灰猫头鹰打猎的地区的野兽，就被这位出色的猎人给捕光了。很少再能碰到什么动物了，而毛皮价格又那么低，怎么办呢？毛皮一共才能赚600美元左右，这与往常的收入相比，真是太微不足道了。还完债，买好夏季的储备粮之后，手头的钱已所剩无几，靠这点儿钱怎么去那尚未被猎人发现、人迹尚未到过的地方打猎呢？而失去那种机会，在这些被诅咒的地方还有什么捕猎兴趣可言呢？为了摆脱这种困境，灰猫头鹰决定在春季——这时候内行猎人都把猎枪挂在墙上休息——也去打野兽，那时它们正好生小崽——反正无所谓，这是自作自受。此外还能做什么呢？在这无路可走的时候，这地方还有海狸可以猎捕呢。灰猫头鹰拿所有人在这种情况下安慰的话来安慰自己：如果你不去捉海狸，别人也会去捉的。

有一次，一个买主来迟了，灰猫头鹰不得不空等了一个星期。到交售毛皮的地方要走很长的一段路程，这占去他相当多时间，他不得不到五月末才再去打猎。那时是海狸生崽的时候，当他放置捕兽器的时候，从一个旧的但被翻新了的海狸小窝里传出了微弱的、细小的海狸崽的声音。灰猫头鹰听到这熟悉的声音，就把桨弄得很响，试图分散阿娜哈里奥的注意力。这女人要是明白是怎么回事，她一定会请求他把捕兽器拿走。灰猫头鹰以前也从未做过这种事，因此，听到海狸的尖叫声后，他自己也感到一阵心疼，但是，他不得不继续干下去，因为他急需钱用。

第二天，灰猫头鹰从捕兽器中拖出三只海狸，可是第四个捕兽器不见了，海狸妈妈扯断了锁链，带着捕兽器一起逃到水里去了。他只好摸到水底去寻找那只海狸。他稍稍放去一些水，但却无济于事，到处都找不到它。在丢失一张值钱的毛皮之后，灰猫头鹰几乎忘记了无依无靠的海狸崽子，它们已陷入失去母亲而将饿死的危险境地。整整寻找了一天之

后，他放下捕兽器和一些装备，就回营地去了，再不想到这荒凉的地方来了。第二天，灰猫头鹰不知为什么突然改变了昨天的念头，他想再去看看母海狸是否回到了自己的小窝里。他和阿娜哈里奥驾船向那荒芜的海狸小窝划去。但是那儿已没有一丝海狸生活的迹象：没有任何痕迹，没有一点儿声音。

再没什么事情可做了，只好向后转，彻底地、永远地告别这个地方。但他们刚一掉转船头，灰猫头鹰突然听到身后有溅起的水声，他回头一看，见海狸窝附近的水面上浮着一个像麝鼠一样的活着的东西。他拿起了枪，瞄准那东西，那么近，他的手指正要按动扳机，这时，那只动物突然发出轻轻的叫声，又有一只动物以同样的声音回答它。它们汇合在一起了，只要一发子弹就可以打中它们。它们又叫了起来，听到这叫声，一切都明白了：那是几只海狸崽子。灰猫头鹰慢慢地放下了枪，对阿娜哈里奥说：

"你看，原来是海狸崽儿！"

这些"小孤儿"的样子激起了这女人本能的同情。

"救救它们！"她激动地喊道。

接着她放低声音说道：

"我们有义务救它们。"

"是的，"灰猫头鹰窘迫地回答，"我们有义务，抓住它们吧。"

但要抓住它们可不容易，小海狸不小了，已经游得挺快。两位猎人耐心地追赶着，终于把它们捉住了。他们把这些样子很奇怪的小毛皮动物放到船舱里，每只有220多克重，长着长长的后腿和多鳞的尾巴。两个小家伙带着海狸所特有的安详、顽强、坚实的样子在船底来回地爬。猎人夫妇有些惭愧地看着这两个小家伙，拿它们怎么办呢，简直难以想象。这两位仁慈的人从没有想到，这些动物出现在人的家庭中会发生如何难以置信的情况。

被收养的"孤儿"

这对年轻夫妇自然想象不到被收养的这野兽王国里的孩子将怎样同他们相依为命。海狸崽完全不像我们想象的那样野性十足。它们不会吓得往角落里躲藏，不会用忧郁的眼睛看人，也从不巴结人。完全相反，它们酷似两个有很高自觉意识的小生命，把人类看做自己的保护者。它们完全信任人类，不过，它们要求人们不停地照顾它们，提醒人们对它们承担义务。

找到喂养它们的方法可不是一件容易的事。要是它们不喝盘子里的牛奶，而带奶嘴的瓶子又不能很快找到，那该怎么办？幸好他们想到把折下来的小树枝浸到装炼乳的小罐里，然后放到小海狸的嘴里，让它边吸边舔着吃。

进食之后，这些温柔的小东西，表现出毫不戒备的友善态度，仿佛认为人们对它们的态度本来就是极其自然的，它们让人们把自己放在手上怜爱。很快，它们就习惯了在人们的怀里，或者在袖子里，或者蜷缩在人的脖子周围睡觉。你

不能把它们从它们自己选择的地方移到另一个地方，不然它们很快就会醒过来，并且坚决地像在自己的家里一样返回到原来睡觉的地方。如果把它们从它们喜欢的地方移到箱子里睡觉，它们就会发出刺耳的叫声，要求把它们放回原来的地方去。你只要向它们伸出一只手，它们就会抓住并顺着手臂往上爬，直到蜷缩在你脖子上睡觉为止。

它们很快学会分辨出不同人的声音，你如果像对人一样跟它们说话，那么，这两个小家伙会争先恐后地叫喊着向你说着什么。他们允许它们随时走出去，在帐篷周围溜达。当它们互相看得到对方的时候，玩得可痛快了，但当它们单个儿迷路的时候，会发疯地叫唤。这时它们会完全丧失自信和自制力，喊着要人们来帮助它们。当你把它们放在一起时，你会看到，它们如何高兴地翻筋斗，打滚，转来转去，大声尖叫，然后紧挨着躺下，用各自握得紧紧的、酷似人手的爪子相互紧握着。当这两个被收养的小家伙入睡之后，你要是开玩笑对它们说些什么，它们能听到你说的话，还以它们的方式梦呓般地回答你。如果你经常反复这样做的话，小海狸们会变得不安起来，像孩子似的表示它们的气恼。事实上，它们的声音也很像婴儿的喊叫声。白天和夜里的不同时刻，你会定期地听到从箱子里发出与时钟相应的声音。当然，人们很容易把这理解为，它们大约每隔两小时就要顽强地、持续地大声喊叫着要东西吃。

灰猫头鹰不是一个温情的人，但是这两个任性的小东西却能深深地吸引住他，以至使他对自己的温情感到惊奇。它们很快各自选择了一位朋友，并且始终忠于自己的选择。小海狸用一种很可笑的方式表露自己的情爱：白天它们一看到人，就把箱子翻过来，迎着人奔去；晚上便爬到朋友的被子里，蜷缩着身子躺在他的身子旁。一旦有什么危险，它们就惊慌起来，悄悄地，几乎是肚子贴着地面爬到人跟前；之后又各自坐到自己的主人旁边，一直等到危险过去。

　　它们常常偷偷跑出去，起初往往是为了在灌木丛中找一些碎屑而奔忙，但常常是白白地奔忙了一阵子。它们一听到自己主人的脚步声或叫喊声，就会全速地迎着主人奔去。后来这两个小流浪汉渐渐觉得主人对它们已经很放心了。一天晚上，主人离开家时，忘了关上箱子的小门，第二天早上发现箱子空空如也。他们带着不安的心情去找这两个小家伙，乘着独木船整整找了一天，又到灌木丛里找了整整一个晚上，又回去看它们是否回到帐篷里了。很难想象，这样眷恋人的

小流浪汉会情愿离开，但它们毕竟是野生动物，喜欢到处跑，独立进食，一般说来，即使没有人的帮助也生存得下去。他们突然产生某种念头：这两个小家伙也许野性发作而永远离开这儿了。他们甚至还产生一个更令人不安的不祥的念头：到处都有鸥和猫头鹰等着它们，至于水獭之类的动物就更容易收拾它们了。它们就这样消失了30多个小时，不难想象，如果它们还活着的话，已经逃到很远的地方，在帐篷附近找它们完全是徒劳的。夫妇俩疲惫不堪、垂头丧气地返回帐篷里去休息，没想到就在那儿，在帐篷里，这两个给自己的朋友们带来很大不安的"逃犯"正稳稳当当地坐在床上，把皮毛上的水甩得被子上到处都是。在经历这一段艰苦的生活之后，夫妇俩把营地迁到一个古老的湖区上。他们采取了各种各样防范措施来对付凶禽猛兽，让小海狸自由出入，让它们在喜欢的地方溜达。小海狸经常往湖的下游游一阵子，洗洗澡，那神态好像在思考什么，然后在芦苇里游一会儿，就得意洋洋地返回来了。那样子很像刚散步回来的小老头儿。小海狸的两个主人是挺不错的，他们喂海狸牛奶，过了哺乳期后，又在它们的食品中增加了燕麦粥。每个小海狸都得到一个专用的小盘子，可你瞧它们是怎样对待这些小盘子的！海狸有一种本能——把所有有用的东西都堆在一起，放在它们碰不到的地方。至于这些刷得干干净净的盘子，小海狸们则把它们殷勤地推到侧面帐篷的边上。当然，做这一切并非易事，但它们还是顽强地做着，多数情况还是能把盘子弄到边上的。

海狸在长到快三个月的时候，就不再让自己的主人操心了，只需要满足它们对燕麦粥的贪婪的食欲和防止它们对装食品袋子和箱子的一贯特殊的好奇心就行了。它们需要经常得到抚爱，要注意到它们的这种习性：它们在夜里会随时湿漉漉地出现在主人的床上，让人感到潮湿和寒冷。但它们本身还是非常干净、温顺、有教养的，没有一点儿危险。总之，要是跟这两个小家伙生活在一起，你准会感到惬意的。它们尽力做到不引人注意，大部分时间不让你听到它们的动静。只是在日落前，它们才需要特殊的关怀，它们常常会尖叫起来，抓住主人的手，轻轻地咬住主人的指尖儿往上爬，尽可能地爬得很高，做出好笑的动作，对主人显出一种特殊的依恋。它们喜欢主人抚爱和招呼它们，一会儿玩玩你的头发，一会儿玩玩你的纽扣或者你衣服上的穗子，就像两个淘气的孩子一样。但这种感情冲动持续的时间并不长。它们在晚霞下和主人闹一会儿，就又去忙自己的事情了，直到天亮时才拖着湿漉漉的疲惫不堪的身子回来，显出一副想睡觉的样子。

阿娜哈里奥作为一个女人，不但喜欢上了这两个小家伙，而且完全被它们给迷住了，仿佛它们是她自己的孩子一样。这一切并不让人感到吃惊，但灰猫头鹰却完全被这种突如其来的感情弄得惊慌失措了：这感情使他生存的基础——猎取海狸——开始动摇了。这种对男人来说不体面的感情有时使他感到羞耻。但这时，他回想起一个魁梧的、看样子很坏的印第安人，这个人长得很丑，有一张因生天花而变得丑陋的脸，大家都不喜欢他。有一次，他因寻找走失的海狸而在雨

中淋了一天。找到海狸时，他脱下外衣，把它包起来，只穿一件内衣在倾盆大雨中走回家。还有一个印第安人开枪打死了自己的一条狗，这条狗既能拉车，又能当向导，很出色，只因为它吃了一只他养了两年的海狸。如果说这些小东西可以使十分粗野的人改变他们的性格的话，那就是说，它们身上确实有某种美好的东西。

当事情发生在阿娜哈里奥身上的时候，灰猫头鹰起初竭力掩饰自己的感情，可是又很难掩饰得了。两个小家伙打喷嚏，小孩子般地咳嗽，柔软地抽泣，发出各种向人们表示好感的声音——多么美好的小东西呀！还有它们对各种爱抚的强烈反应，小小的像手一样的爪子，经常没耐心地跺着的小脚，为了捍卫自己的独立而时时爆发的感情——这一切在它们身上表现出来，仿佛是为了唤起人们心中已经麻木的温情。它们大部分时间都是在玩耍中幸福地度过的，但当它们相互争吵，甚至和主人生气时，也会表现得很暴躁。不过这样的坏心情持续不久。它们的"手"（前肢）做起事来就像人的手一样灵巧。它们能收集小东西，能拿起木棍或石头，还能推动或搬起重物，能用力地抱住东西，使你很难拽走，能用嘴唇擦净树皮上的汁液，用"手"转动树枝。

这对年轻夫妇看来把所有的关心和温柔都给了这两只小海狸，就像教养自己的孩子一样在它们身上凝聚了心血。有时候他们从湖里划船回来，还没等划到岸上，就开始召唤小海狸，两个小家伙游了过来，伸出爪子，抓住他们伸向水里的手指，向上瞧着，用它们的语言嘟哝着向他们要吃的。他们每每储存些小块的好吃的东西来应付这种场面。这两个小家伙在水里吃着，嘴里发出吧嗒吧嗒的声音，尽量地表现出它们满意的心情。每当这时，他们要比这些动物还高兴。特别是用一块块好吃的东西在水里引诱小海狸，使它们竭力爬上独木船，这是最开心的事了。要帮助它们爬到独木船上来是不费吹灰之力的，因为小海狸的尾巴像人的手一样灵巧，但他们并没有这样做。等到两个小家伙与主人在独木船上相聚时，它们那种兴奋劲儿是很难用笔墨来形容的。有时阿娜哈里奥会说，这种兴奋劲儿是自私的，灰猫头鹰就会说：

"你邀请最好的朋友赴宴，它们的心情自然是愉快的。"

这样开过玩笑之后，灰猫头鹰和阿娜哈里奥又着手新的旅行了，他们反复争论着：这次该拿什么作诱饵，两个小家伙又会最喜欢什么，最不喜欢什么？

野兽王国的孩子

仲夏时节，灰猫头鹰必须到铁路上向内行人请教在即将来到的冬天里做什么为好。这段旅行中，小海狸可以在船上自由行动，它们怎么也不能跳到船舷外面去。当他们不得不在陆地上拖独木船时，就把它们放到装种子的袋子里，挂到放桨的木凳上。有一处分水岭长达 3.2 千米，袋子上叮满了蚊子，小海狸一路上喊叫着，可他们没随身带着一个方便的箱子，不然的话哪怕让小海狸临时在箱子里歇一会儿也好啊！

为了防蚊子，不得不把袋子挂到火堆旁边，把蚊子熏走。小海狸几乎一直在睡觉，什么也不吃，但是它们也安全地到达了目的地，只是看起来似乎有些醉态。一个印第安人看到它们这种样子，说它们活不下来了。但把它们放到水里，大约过了一个小时，最多两个小时，就完全清醒过来了。现在，由于出现了许多拉车的狗，他们不得不昼夜把两个小东西关起来。小海狸对此并非漠然处之，它们总想从关闭它们的容器里逃出来。

在这次旅行之后，还得走一段水路回营地去取剩下的东西。他们不得不把小海狸托付给一个朋友照顾。朋友把它们锁在一间小木棚里，过了几天，灰猫头鹰夫妇回来了，刚一上岸，阿娜哈里奥就跑去看小海狸，灰猫头鹰则去找一个结结实实的箱子，准备把它们放到里面，以便当晚乘火车继续赶路。在拿着箱子回来时，灰猫头鹰见阿娜哈里奥面色苍白，满脸愁云，痴呆呆地站在那里。原来小海狸失踪了。它们在棚子里的两根木头之间的小细缝里咬开个出口，就从那里逃了出去。棚子的主人知道这对年轻夫妇珍爱这两只小海狸，感到特别不安，于是就给自己的猎狗套上嘴套，命它去寻找这两个逃跑者。灰猫头鹰则到远处的湖泊，在浅水处寻找。小海狸不可能跑得太远，在一般情况下，本来还是容易找到的。但就怕它们碰上拉车的狗，遇上收毛皮的猎人，这些猎人是见什么打什么的。

但是没过多久，那只小母海狸却单个儿出现在院子里，它漠然地在狗群里穿行，那些狗发现了它，从四面奔过来捉

它。阿娜哈里奥大喊着奔过去，抱起这只小海狸，冲进旁边的一扇门里，没让狗咬着它。灰猫头鹰没有找到小海狸，回来后才知道这件事。

灰猫头鹰带着猎狗去寻找另一只小海狸而毫无结果，这大概是因为大多数动物的幼崽不留下任何气味，以防止凶猛的野兽追捕的缘故。灰猫头鹰和阿娜哈里奥明白了这一点之后，意味深长地交换了一下眼色，两个人同时想着一件事，就是那只小公海狸是一个十分好奇的贪玩的小家伙，它是做自己最后的旅行去了。这样一来，装着一只小海狸的大箱子就显得特别的大、特别的空了。这两只小海狸在短暂的一生中从来没有长时间的分离过，此时，小母海狸大声地哭喊着，这是在它处于极度不愉快和孤独的时候才有的事。

灰猫头鹰徒劳地找了一个傍晚，一直找到天色昏暗下来。到处是饥肠辘辘、乱跑乱撞的拉车狗，要是碰到这样一只狗，它几乎一口就可以把小海狸吃掉。看来，找到它的可能性不大了。这只失踪的小海狸是灰猫头鹰最宠爱的，他心里感到非常痛苦。很难想象小海狸会爬到湖里去。不过还是要继续找下去的。再说这个小流浪汉过去也常常是陷入困境，可每次都幸运地脱险了。也许这一次死神也未必叫得走它。灰猫头鹰正胡乱地想着，突然，他清楚地看到，小湖湾的对岸有一个黑褐色的东西闪了一下，就消失在昏暗中了。灰猫头鹰大声地一遍一遍地呼唤着小海狸，终于听到了回答的声音，不过却完全不是那个褐色的东西发出的。他听到的声音是从前面不远的地方发出来的一声痛苦的哀号。那儿柳丛稠密，

灰猫头鹰

家园的故事丛书

家园的故事丛书

什么也看不清楚。灰猫头鹰向前走去，呼喊着，每次都有一个声音回答他。他终于看到这个小流浪汉了，它眼睛鼓鼓的，竖起身上的毛，穿过柳丛向灰猫头鹰奔了过来。灰猫头鹰一下子托起这毛茸茸的小家伙，紧紧地抱在胸前。小海狸把头埋进他的胸里，发出阵阵勉强听得到的叫声来表达它的哀怨。它浑身还是干的，显然快要爬到水里了，叮终究没有到达湖里。这时它听到了主人那非常熟悉的呼唤声，就又爬了回来。

　　心爱的东西失而复得，灰猫头鹰感到从未有过的巨大快乐。至于阿娜哈里奥，她高兴得简直要发狂了。尽管那只木箱子放两只小海狸还是显得过于宽大，可现在却一点儿也不

觉得它空空荡荡；相反，他们觉得它是那么地充实。从箱子里不时传来为争抢一块好吃的东西而引起的熟悉的争吵声，这种争吵声可以用一句话来描述：一对亲爱的人儿在吵嘴。那是它们玩得太开心了。

　　灰猫头鹰看着这对过去、现在、将来都不懂得什么是危险的小野兽，觉得自己是那么喜欢它们。这想法使他有点儿不安。这种喜爱的感情使他这位猎人由捕杀海狸者变成了它们的保护者。从纯经济观点来说，灰猫头鹰对大规模滥杀野生动物早就持反对态度了。这种野蛮屠杀，因捕捉对象濒临灭绝已自然而然地接近尾声了。但是，这种残酷的自然惩罚跟对生命的直接热爱，完全是两回事。事实上，这些动物都有感情，还能很好地表达它们的感情，它们能交谈，眷恋抚养它们的人，懂得什么是幸福，什么是孤独。总之，它们像小孩子一样。他们通过对这两个小家伙的观察，还了解了整个"海狸族"：这个水族全部是这样的！在它们的影响之下，灰猫头鹰想起了早在童年时就听过的那些关于海狸的不寻常的故事。未开化的印第安人并不是无缘由地给海狸起这些名字："海狸族"，"印第安人会说话的小兄弟"。失去了孩子的印第安母亲给海狸喂奶吃，并以此来寻找慰藉，这也是情有可原的。印第安人是多么温存地照料落在他们手里的海狸呀！可以前灰猫头鹰为什么不假思索就把它们弄死呢？以前对海狸的那种态度，现在想起来觉得怪可怕的。灰猫头鹰就这样思考着动物王国里的这些小家伙们。夜里，他最后一次到它们那儿，看一看，就去睡了。但是，这两个一直未安静下来

家园的故事丛书

的小家伙又把新居咬了一个洞跑了出来，但这咬洞的活儿和其他事情使它们累得实在够呛，竟在被咬破的箱子外面沉沉地睡着了。早晨，主人们正犹豫是乘这趟火车还是等下趟火车的时候，才发现小海狸们钻到木箱外面来了。

也就在这时候，有一个毛皮商听说这儿有一对驯服的小海狸，就来到他们的营地。他说，离此不远也有一对小海狸，是一个印第安人卖给一个店主的，他正想把它们买回来。后来，他又补充道，那一对小海狸看起来并不怎么好，很可能会在路上死掉，因此，他不想到那儿去收购，而等着海狸的主人自己送货上门。

相反，灰猫头鹰的那对小海狸，在商人看来十分出色，它们给他留下了深刻的印象。他甚至要拿一笔可观的钱买这对小海狸，但遭到了他们的拒绝。商人走后，他们非常想看一看那两只别人的小海狸，于是灰猫头鹰和阿娜哈里奥就把自己的小海狸装到一个镀锌的木盆里，找了一个人来照顾它们，吩咐那人在他们没回来时，不允许任何人看这对海狸。那边海狸的主人看来并不是普通的买卖人，他的百货商店和旅馆连在一起，做着走私和酿酒的生意，这是他的主要财源。看样子，这个走私饮料的商人是个心地并不坏的小伙子，他可以拿出与卖的数量同样多的威士忌酒来请客。他还是一个信仰上帝的人，他房间里点着长明灯，并常常和家人一起在这儿做祷告。他几乎是刚站起来，就跑到柜台那儿，卖给顾客一些被禁卖的酒，然后再回到自己那间神圣的屋子里去，跪在原先的地方继续祷告。店主人买了小海狸后，丝毫没有

照顾它们的意思，因此这些小东西十分可怜，确切地说，它们已濒临死亡，正在用自己柔弱的声音呼叫着。当灰猫头鹰和阿娜哈里奥把手朝着海狸的箱子伸过去时，它们就用极小的爪子抓住他们的手指，发出悲哀的叫声，好像在央求他们把它们从这黑暗的深渊里救出去。

灰猫头鹰十分怜悯它们，但却没有指责店主，他自己过去也是这样的。

"但愿他允许我们把它们带走！"阿娜哈里奥说，"哪怕让它们死在我们的海狸旁边，也比这样孤寂死去的好！"

"我们买下吧！"灰猫头鹰说。

他向小店主人走过去。

"您要卖多少钱？"

"很多呢，"店主回答，"你有多少钱呢？"

灰猫头鹰给了一个数。

"太少了，"店主说。

阿娜哈里奥建议店主好好照料海狸，但店主就是不听她的无私的意见，他为了把海狸运到毛皮商人那儿去，已办好了执照，他还说，如果海狸能活到成交时，他就很满意了，只要活着就行。

"如果，"他说，"它们在成交后死了，那才真有意思呢。"

不过，那两只小海狸没有水喝，没有合适的食物吃，得不到照顾，这也算是它们的福气，它们不至于遭受长时间的折磨。小俘房中的一个在星期天的早晨死在了那个"监狱"里，另一个的尸体直挺挺地躺在一个水桶附近，深受口渴折

磨的小海狸曾徒劳地想爬上水桶喝水。灰猫头鹰极其痛苦地看到，这两个生长在清洁、芳香、自由、广阔的森林里的小东西被人们扔进了垃圾桶里。这两个没有被人们理解的小东西蒙受了多大的耻辱啊！

此后，灰猫头鹰每当看到自己的两个小家伙时，总忘不了那两个不幸的小生命，他立下了一个坚定的誓言：任何时候，任何场合下都不出卖自己抓到的动物，无论如何要放它们自由。这时他想起了它们被杀死的妈妈。

"这种事永远不会再发生了。"他想，"在我的生活中，哪

怕日子过得再艰难，也不再与类似小店里的投机商那种人同流合污了，哪怕自己去挨饿，也不去参与那种事情了。"

虽然这只是一种朦胧的意识，但大概正是在这个时候，永远放弃猎取海狸的念头在灰猫头鹰心中成熟起来了。

必须勒紧裤腰带

当你喜欢的景色消失了，或者某种高贵的动物灭绝了，那是多么遗憾的事情啊！当最后一只美洲野牛倒下去的时候，也是如此。在这之后，才会有些猎人永远放弃刀和步枪，才会有多少印第安人的打猎老手献身于恢复消失了的动物种类的事业呀！现在在海狸身上也发生了这样的事情：它们正濒临灭绝。人们很难避免不去参加这场大屠杀。放弃捕海狸——这说起来多么容易呀！但是靠什么生活呢？特别是像灰猫头鹰这样的人，从幼年起就独立生活并且与海狸的命运联系在一起的人。不，无论在什么情况下，永远不再猎取海狸的念头，从它产生的那一天起，就是不可能实现的。生活本应一次次地证实灭绝海狸的荒谬性，并且本应出现这样的机会，人们抓住这种机会使人类从灭绝喜爱的动物的令人痛恨的事业里摆脱出来。

在260000平方千米的安大略省的土地上，海狸已经绝迹了。要不是在某处还能见到荒芜了的海狸洞的话，你大概会以为这里从来没有海狸生活过呢。灰猫头鹰乘着独木船，在

被认为有海狸的地方划行了大约 1000 千米路，他只是在某些地方碰到过还完好的营地和零散孤独的行者。灰猫头鹰在西蒙诺沃湖畔向奥季布瓦部落的人请教，同来自大维多利亚湖和圣毛里求斯河上游的部落交谈，他们异口同声地说：海狸要么全死光了，要么就跑到别的地方去了。种种迹象表明，在很短的时间内，这里的海狸全部灭绝了。森林成了没有海狸的森林了！可是，在把自己的命运同海狸连在一起，同周围的环境连在一起的人们看来，这是不可想象的事！在他们看来，没有海狸，自然界也就没有什么意义了。而他们自己实际上是那些无法无天的猎取毛皮者和毛皮商人入侵的帮凶，他们对此又作何感想呢？

　　灰猫头鹰陷入深深的思考中，他回忆起从前自己在寂静、荒无人烟的广阔森林中度过的孤单的、无忧无虑的日子。哎！那些不假思索地捕杀动物的日子一去不复返了。当时他一个人进森林，以捕杀动物作为谋生手段，那似乎是极其自然的事。那些轻率、冒失的捕杀毛皮野兽的猎人们的入侵和以非人性的残酷手段捕杀海狸的行径，现在第一次使得他深思起来，那些有教养的、以捕兽为业的印第安人一般把捕兽器放在冰层下面的水里，被捕兽器捕住的动物有的被淹死，有的挣脱逃走了。外来人则完全采用另一种方法。他们使用的捕兽器能够在水里抓住海狸的爪子，把它活活拽出水面来。这种捕兽器更加可怕。很久以前，在野蛮人入侵初期，灰猫头鹰发现一个被抓住爪子的母海狸，海狸崽子们正在它身上吸奶。母海狸被捕兽器抓住，疼得不停地呻吟。为了放它自由，

他砍断了它的爪子。母海狸虽然很疼，但明白善良的人救了它，它一边等着自己的孩子，一边慢慢地离开了。另一只母海狸的情形更加可怕，它被捕兽器抓住了，拼命叫喊着，那叫声凄惨得像人的声音。救它是不可能的了，只能把它放到水里，好让它快点儿闷死。这只不幸的动物在垂死中用另一只没有受伤的爪子紧紧抓住帮助它死去的人的手指。看得出，这只母海狸已经怀孕了。这种捕杀动物的可怕发明导致了多少海狸的惨死啊！像这样的情况多得很：从水里抓出来的动物被活活地吊起来，一吊就好多天，直到它们因饥渴而死，而飞禽还常常飞来啄它们的眼睛……

在野蛮的白种人灭绝野兽的同时，日常生活中产生了另一些沉痛的现象，出现了前所未有的偷盗行为。这种灾乱是从盗窃捕兽器开始的，它很快扩展到其他方面。狩猎回来的捕兽人回到自己的小木屋时，屋里的粮食不见了，滑雪板、炉灶不见了，被褥和捕兽器不见了，营地的储备被洗劫一空，一片狼藉，连独木船也不见踪影了。森林中的古老传统被破坏了，猎人们开始小心谨慎起来了。人们出门时往往必须把屋门锁上。这种情况令人感到特别沮丧。过去，盗窃粮食是可耻的犯罪行为，要被枪毙的。那时，谁要是在房子上挂上锁头的话，他会被看做是异乡人，丝毫不值得信任的人。保护自己那点儿可怜的财物，在当时看来是丢脸的，是违背人的本性的，而现在却成了必要的、合情合理的手段了。这些现象已经渗入到印第安人地区的文明里了。

从五月中旬到六月份的第一个星期是海狸生崽的季节。

在北部地区，这时候海狸的毛皮一般还带着冬天的特点。春天猎捕海狸有很大的好处，因此，猎人们这时冒着大旋风到这地区来，闯入这异乡土地，捕杀在这个季节很好接近的海狸，从而使上百只小海狸遭受饥饿的威胁。这种捕猎方法特别残酷，此外，它的可怕之处还在于，仅几十年便给这个地区带来的严重破坏，远超过只在冬天狩猎的数百年内的破坏程度。一些可怜的小海狸受饥饿的驱使，常常跟随着猎人托运母海狸尸体的独木船，在水里浮游着，绝望地大叫着。在这种情况下，当地居民几乎总是把它们驯养起来。不过它们以后的命运总是凄惨的，过的是不自由的日子，它们呻吟着，哀怨着，不倦地恳求主人给它们以关怀，但过不了两个星期，它们就奄奄一息了。这时主人们只能依稀地听到它们垂死的声音。

灰猫头鹰一生中多次救过小海狸，现在他非常愉快地回忆起救助它们时的情景。他曾经抚养过这样一个小家伙，它把身子蜷缩起来，活像一个毛茸茸的球，晚上趴在他脑袋旁边睡觉，一直睡到天亮。当它不得不翻身的时候，就爬到他的另一边去，在那儿还是蜷缩成一个球。白天它很喜欢爬到他肩上去，当他坐在桌旁干活的时候，它就紧靠他的脖子，躺在他的衣服底下。这是一只有病的小海狸，后来它非常衰弱，以至于再不能做出什么逗人的花样来。最终，在试图爬上它喜欢的地方时死去了。

对海狸的这种无尽无休的大屠杀，很久以来便使灰猫头鹰的内心深受折磨，这是名副其实的大屠杀。三月份海狸出

现在水面上时，人们干脆用粗木棒打死海狸，一些海狸在粗木棒打下来时还试图用前爪保护自己的头，但它们死前的温顺并没有引起富有同情心的人类的不安。有一次，一只受伤的海狸死命地挣扎到岸边，躺在离猎人一两米远的地方，难受得好像在请求猎人快结束它的性命，但是猎人的手很久也没能举起来。

很久以来，这一切就令人作呕，但是这个世界上令人作呕的职业还少吗？而人们到底不能放弃它们，因为人们要生活下去。灰猫头鹰要不是遇到阿娜哈里奥，要不是那些"被俘虏"的小海狸们引起他特别的注意，并在那森林里使他联想到人们孤独的亲生孩子的话，他也许还要像其他人一样，继续做着那种可怕的职业的俘虏。那些被抓来的小海狸像来自另一个星球似的，它们的语言还难以理解。这些求知欲很强的、多情的、孩子般可爱的小家伙们，就这样被杀害了。不！现在灰猫头鹰要观察、研究、学习、理解它们。或许要建立一个海狸保护区，为保护海狸的生存而斗争，不让它们在地球上消失。北美野牛的事例就值得借鉴，如果说保护它们的思想取得了成效，那么他灰猫头鹰就不能在海狸身上做点儿什么吗？不过，从哪里着手呢？当然是从寻找一个海狸窝着手，使任何猎人都不能觊觎它们，从而保护它们不受偶尔路过的猎人的伤害。但是找到并保护和驯服它们，这是谈何容易的事！……做到这一切，需要时间，而且这样做，在这个远离人烟的地方又靠什么来维持生活呢？这是一种要使人们陷入饥饿境地的

不明智的行为。倘若是居住在盛产毛皮的富饶地区，还可以附带着干一些别的事情维持生活……

经过一番深思熟虑之后，最终灰猫头鹰非常谨慎地决定让阿娜哈里奥参与自己的计划。

"喏，瞧，"他极其坚决、果断地说，"我们要做另外一种工作了，我将永远不去打海狸了。"

阿娜哈里奥用疑问的神情看了他一眼，说道：

"那么，打什么呢？"

"不打什么！"灰猫头鹰打断她的疑问，"这个决定是非常认真的，从今以后，我既是海狸族保护者协会的主席，又是财务主任，又是它的唯一成员。关于我们财务上的事，你有什么看法？"

"好呀！"她特别高兴。

既然事情涉及到生活中最本质的问题，管它什么财务事情！她从未想过，灰猫头鹰会做出这样的决定。

"你现在想做什么呢？"她问。

灰猫头鹰于是详细地向阿娜哈里奥讲述了自己的计划。

"说不定，"他做出结论，"我们要碰上点儿困难，也许，必须勒紧裤腰带……"

"那就勒紧裤腰带吧。"阿娜哈里奥回答说。

达维特·别雷依·卡米

一个单身人的理想……有多少次这样的理想像汹涌澎湃的咸海之滨的小灌木一样枯萎掉了！有多少人脑子里装着这样的理想离开家园到处流浪，仅仅是因为他们对本地的预言家太不了解了！如果在家乡的土地上，像阿娜哈里奥这样精力充沛的人有这种理想，那么它就活跃了。不久又有一个人跑来帮助这两个决意从事挽救海狸族事业的人，这是一个阿尔衮琴部落的老印第安人，名字叫达维特·别雷依·卡米（乌爱特·斯多汶），他也像我们前面讲过的印第安人一样，出生在安大略湖滨。

达维特是那种深知白种人文明又保存着本民族几乎所有特征的印第安人的代表。他虽然带有明显的乡音，却说着一口流利的英语和法语。他高高的个子，肌肉发达，有着本民族的谦虚仪态和内向性格。他长着一双洞察一切的眼睛，有着非凡的幽默感，能熟练地像狼一样嚎叫。喝醉酒时，他会吊着嗓子唱一些祷告书中的赞美诗。他能用猎枪射出密集的子弹，用枪手的话说："它像从步枪里射出来的一样，可以射中人群里任何一个人。"在宗教热情勃发时（幸好这种时刻不多），他就一本正经地要显示一下这种武器的威力。在青年时代，他听人讲过著名的易洛魁人袭击北安大略湖的故事，现在他更深信，他们的队伍目前仍隐藏在人们无法接近的某个

家园的故事丛书

地方，正筹划着新的进攻。他参加过修建加拿大太平洋铁路的工作；参加过乌威尔亲王艾杜阿尔特带着精选出来的桨手们乘独木船，沿着古老的毛皮之路，从奥塔瓦河到蒙特利尔的历史行程。他还相信，在那些神秘的、尚未被发现的地方有许许多多的野兽和黄金……他是一个淘金者。

这里顺便提一句，黄金应属于那些自愿为海狸族谋求幸福的人们！达维特早在一年前就找到了一个储金地带，当时那个地方还未被别人发现。但灰猫头鹰至今仍对寻找黄金持漠不关心的态度，尽管他作为桨手和搬运工见识过各种狂热的淘金活动。他有些瞧不起这种碰运气的行径和那些狂热地挖石头和脏东西的人们。然而现在，当这个老人的热情点燃起出身于淘金之家的阿娜哈里奥的热情之火时，他竟然坚持不住了。每到晚上，三个人就长时间地谈论着金矿，像行家一样辨认着矿石样品，深入细致地研究地图。一次，在长时间的谈话之后，热心的淘金者们做出了去储金地带探险的决定。只有灰猫头鹰一个人在某种程度上持谨慎态度，他有些吃力地劝说达维特和阿娜哈里奥再等一等，哪怕等到春天再走。达维特对淘金蛮有信心，竟然打算慷慨地平分在他的猎区所捕获的东西，然后，买上一些上好的装备，向北部、文明之外的荒落的地区出发，因为三个人都相信，在"遥远的丛山后面"一定会有野兽出没。

他们大谈特谈怎样安置这些就要长大的海狸，他们给了它们多少充满爱心的关怀呀，就好像它们不是动物，而是他们心爱的孩子们！善良的达维特常常像孩子似的和它们玩耍，

教它们如何在人的社会中体面行事。灰猫头鹰到底还是没把自己的想法告诉他，他还像许多人一样迷信地认为：如果预感到什么的话，就无论如何不能去做那件事，而且不能对不相干的人讲起这件事。

毕竟离春天还远着呢，该仔细想想，怎样更好地打发余下的漫长时光。除此之外，住在这些地方是很危险的。在魁北克的这个地区连续三年不断地下雨，因此特别潮湿，即使住在帐篷里也不舒服。印第安人由于恶劣的天气得了结核病和其他疾病，不断有人死去。他们的猎区也被流窜的强盗洗劫一空。没有饿死的印第安人也已十分衰竭，对疾病失去了抵抗力。一个从奥塔瓦来的印第安医生整日都在忙着给人治病，他坚决地劝说这三个寻找幸福的人尽快逃离此地。

很庆幸的是，他们偶然间遇上了一伙打猎的人。为了离开此地，三个人带着海狸加入他们一伙。海狸马上成了这伙猎人的幸运的"护身符"，他们因此多了许多消遣，它们和这些猎手混熟了，常在帐篷的帆布上咬个洞，偷面包吃，爬到食油里去，打碎鸡蛋，什么都干得出来。每天夜里，它们常跑出去，连踪影也见不着。主人们在这儿呆的时间不长，不熟悉周围环境，不知到哪儿去找它们。但到第二天，或早或晚，它们总能回到家里。有一天凌晨3点钟的时候，一只海狸爬进别人的帐篷里，爬到一个熟睡的猎手身上，从头到尾地擦拭起湿漉漉的皮毛来。这事引起了一阵骚动，遭到一阵狠狠的指责。这次探险最终耗尽了所有的粮食储备。这时大家却都羡慕起海狸来，因为它们身边的食物丰富得很。有好

几天时间，只有这些海狸才是探险中的饱食者。

周·阿依杰克

在青年时期，对这样的现象往往觉得很好奇：当你筹划着一件事或者正在思考自己心里的秘密的时候，就像灰猫头鹰那样不声不响地筹划时，总会有一些生活在你周围的人，与你思考着同一方面的问题。而如今，我对此并不奇怪了：只不过你所筹划的事把你的注意力引向你所希望的方面，并促使你去细心地听一些有关人物的谈话罢了。要是灰猫头鹰的脑子里没有那个要建立一个海狸族"共和国"的离奇古怪的念头的话，也许他就不会去支持那位淘金者达维特的幻想了，也不会同他一起去作那次打猎冒险了。

大约就在这时，这三位可爱的怪人认识了一个来自新布隆斯维克名叫周·阿依杰克的印第安人。灰猫头鹰在闯荡江湖的生涯中遇到过各种说谎的人，有庸碌之辈，也有艺术家。但是像周·阿依杰克这样的说谎的行家，他还是第一次遇到。他的说谎性格仿佛是天生的。他仿佛施了魔术似的使他的听众相信他的谎话。假若换一个场合，听众会完全看出他是在说谎，比如，他多次说：他是一个出色的竞技运动员，而且是一个善良而随和的人，但一些怪事总是发生在这种随和的人身上。他做运动员做得很出色，由于他总是随时随地地拿头奖，妨碍了其他运动员的积极性，因而被禁止参加大陆上

的一切比赛。这就是他为什么不愿从事简单、粗笨的工作而损伤自己的肌肉的缘故。他什么也不干，只等待着解除对他的禁令。

对周·阿依杰克来说，不存在什么未知的地方——只要是被人叫得出名来的地方，他都去过。如果你也到过那个地方，正为他的胡说八道难为情时，他马上会用"地名是乱说出来的"之类的话来搪塞你，巧妙地摆脱困窘。他身上有块伤疤，他说是在战场上留下来的，实际上，正如后来证明的，伤疤是外科手术的结果。他那种丰富的生活经验，似乎超出他的年龄，总使人感到怀疑。有人根据他所讲的事情进行推算，他应该不下于180岁了。

您现在总该明白了吧，此君在那些从事保护海狸事业的善良的人们的生活中，能起多大作用了?！这些人已经不是小孩子了！他们通过艰苦的劳动来谋生，他们懂得什么是贫困，他们遇到过各种人物……周·阿依杰克对杰米斯卡乌阿达这个地方的讲述（后来证实，确有此地）吸引着他们。在杰米斯卡乌阿达地区，在杜莱依奇湖畔，似乎还有他打猎的小屋、小船及各种器具，那边的铺子里有他的许多贷款和朋友。他们会极其友好地接待他的任何一位朋友。灰猫头鹰注意地听着，计算着他所说的财产的价值，为了抛去水分，把它们除以6，这样计算之后，杜莱依奇湖畔的杰米斯卡乌阿达（不管它叫什么名）终归是一个值得去的地方。

当然，最主要的还在于这个地方对于为海狸族谋幸福的探索者来说，是十分新奇和遥远的。路途遥远能唤起猎人的

想象，猎人都有能力到任何禽兽出没的陌生遥远的地方去。无论这地方有多遥远，它终究是在加拿大境内。他灰猫头鹰不正深切地感受加拿大的毛皮宝藏在横遭破坏吗？而且周还说——他也相信——在那遥远而美好的地方，人们因侵犯野生动物居住地而陷入困境。那里的鹿群连根咬断庄稼，河里的黄鼬和水獭不让渔民们平静地生活，在运送木材的季节，海狸到锯木场捣乱，咬坏木材，使之一无用处，好像还有一种吃人血的猫科动物，政府正奖励猎户采取措施消灭它们。

周在讲了那个地方原始状态下的明确而有说服力的事例之后，沉默了一会儿，在记忆中搜索着新的材料。灰猫头鹰利用这个机会，向他问道：

"周，请问，那儿有海狸吗？"他用漫不经心的口气问。

周在凳子上挪动了一下，坐牢了些，好像以此来表达他的不满似的，嘟起了嘴唇。

"海狸，"他说，他的眼睛发亮了，"是的，那儿真的有许多海狸……那儿的海狸将小河都塞得满满的。据说，有些海狸觉得小河住不下了，就跑到陆地上来，于是，有些海狸的肢体发生了变化，尾巴上长出了短短的毛，像水獭一样，人们管它们叫'草本海狸'，这叫法可真形象。"

奇怪的是，当进一步问到有关"草本海狸"的问题时，周的回答有点支支吾吾，他说，根本不敢肯定"草本海狸"的亚种是否存在，因为除了他本人的观察外，就没有别的资料可以证明了。他对这个小问题回答得支支吾吾，也不足为怪，看起来，说谎也要有分寸啊。

杰米斯卡乌阿达离他的家乡不远，因此，他对这个地方的看法，就不像人们一般看待陌生而遥远的地方时的那种浪漫色彩了。但他的讲述中还是有一些可信的东西，否则，灰猫头鹰就不可能动身去那儿找这本书中所讲述的东西了，无论如何，确实有杰米斯卡乌阿达这个地方，至于谈到"打猎的故事"，那漫无边际的、形形色色自相矛盾的情节，才真引人入胜呢。灰猫头鹰一边盘算着如何保护海狸，一边觉得自己提的问题有些过分。这时，周露出他的一只手，默默地看着自己的伤疤，大概，他只想表示，这伤疤是某次在与一群变种的海狸——陆上的"草本海狸"交手中被咬伤而留下来的吧。

　　灰猫头鹰出于礼貌，赶紧转变了话题。他如果表现出对周的不信任，那么，这位编造者就会很伤心的。有关海狸的谈论已经够多了，实际上灰猫头鹰并不需要有特别多的海狸，要繁殖它们只要有一个海狸"家庭"就够了。因此，他又关心起路线图来，三位热心者在沙子上用木棍画着他们要走的路线。他们整整一个星期都在谈论着那个杜莱依奇湖边的杰米斯卡乌阿达。

　　周讲了好多打猎故事！我们知道这些故事是胡诌的，但我们还是喜欢听，听后自己又去讲述，内容尽管是那么可笑，但有些地方我们还是信以为真。于是，这些令人尊敬的人们，像周所说的那样，因为从某个猎人那儿听说了某地有许多海狸，就都拔腿赶到那儿去。

　　"请注意，"周说，"海狸打洞的那个山脉好高啊，有一个

人想翻过去，把两条腿都摔断了，死在了那里，以后再没有人敢到那儿打猎了，因为都怕把腿摔断，可那儿现在又是多么有趣啊，有多好的一条滑雪路线啊，有多少海狸啊！"

他把手屈起来，透过指缝看对方，让对方明白，那儿的确有好多海狸。

达维特习惯站着听这种谎话，他很聪明，从不反驳一句话，就好像要把那荒诞不经的故事完整地保存在脑海里一样。不用说，其他人很少会相信这些打猎故事，但这些故事却能使人产生一种向往，一种闯劲——印第安人性格中最本质的一种特征。某个故事中有两三个小小的暗示就已足够让听者兴致勃发，抓起地图，仔细研究每条打猎路线的特殊价值了。他们这几个人就是这样，一方面嘲笑这些不真实的故事，一方面又受它们的影响，准备为之去冒险。

真的，既然冒险是一种崇高的事业，为什么不去冒险呢?！于是，他们在听了这些打猎故事之后，就出发前往杰米斯卡乌阿达了。

远　行

为了这次远行，灰猫头鹰不得不卖掉他在漫长闯荡生活中的伙伴、忠实的朋友——独木船，好为自己和阿娜哈里奥凑些钱买车票。可怜的达维特几乎哭了，因为他没有钱买车票，他们没有能力帮助他，卖东西所得的钱只够两个人到达

目的地——那个陌生的地方，并维持未来的打猎生活。有什么办法！他们不得不告别这位朋友，答应他在捕到猎物后，一定寄钱接他去。

当然，这两位远行者会有一艘新的独木船和齐全的打猎装备：滑雪板、猎枪、食物及各种杂物。两只海狸和他们同行，它们被装在一个白铁箱子里，箱子角落放一杯水。行李车厢里有它们的一大捆杨树枝。换车的时候，灰猫头鹰把装海狸的箱子用行李带扎住背在背上。在魁北克城，他们不得不在站台上喂海狸。一大堆人聚集过来，议论着："有人背着野生动物，锁在那箱子里。"海狸不停地叫着，往上爬着，把一杯水全洒到了灰猫头鹰的背上。这两个印第安人很惹人注目，周围人们的脸上现出各种表情，有不怀好意的，但大部分是友善的。一位穿着漂亮的刺花衣服的绅士要求两个印第安人："请你们像个基督教徒那样为了上帝，把小家伙放出来吧。"

两位远行者终于又顺利地上了路。这一切多亏了周围善良的人们和他们乐于助人的品质。

火车向前行驶着，海狸不再叫了，两位远行者注视着窗外掠过的新的地区。灰猫头鹰感到不安起来，火车在向东南方向行驶，外面是令猎人沮丧的人烟稠密的地区，只能见到一些零星的树木——那是曾经覆盖这一地区的茂密丛林的最后的幸存者。这些零星的树木也使印第安人不由自主地联想到自己的命运——现在，他们也成了曾经盛极一时的强大部落的最后的幸存者了。

伟大的圣劳伦斯河突然把下游地区荒芜的高原和较文明的低平原地区分割开来。当火车越过河流在低低的平原地区越来越向南部行驶时，对故乡的思念深深地折磨着这两位森林闯荡者，他们觉得，此一去就永远告别了故乡和朋友们。这时很像到了神话中的岔道口，仿佛从此走上了死亡之路，而且没有退路了。这时，周·阿依杰克讲的故事产生了巨大的作用。飞快的火车载着他们，以一种坚定的力量向着那个陌生而遥远的地方行驶着。痴迷于自己的理想的人们不由自主地把自己的命运同那两个在密林中抓到的、被放到箱子里的野生动物的命运紧紧连在一起，向着未知究竟的远方奔驰而去。

灰猫头鹰乘火车去过的或者从车窗里看到过的陌生的地方并不少！他到过欧洲，参加过战争，但以前的旅行，不管怎么说，都是有供给保障的，和现在这次旅行相比较，显然要轻松些。不过，这次并不愉快的旅行终究开始了，这是一次比电影屏幕上的镜头更接近前沿的真正的战役。

对食物的考虑也叫人大伤脑筋，不仅要考虑人自己，而且还要考虑这两只小海狸的命运。假若四周都是森林，这个印第安人倒是不会害怕的。在森林里，他总是能给自己，给自己的三个亲近的家伙找到食物的。但是，在这个没有森林的陌生的居民区，他又能做什么呢？在长着零星树木的居住地区，火车向东南方向走得越远，这两位不知惊恐的鸟兽国度的探寻者的行为就变得越来越不理智。

阿娜哈里奥从装海狸的箱子上抬起头，发觉了灰猫头鹰忧郁的目光。

"你在担心什么？"她说，"我们一定会摆脱困难的。"

"但是，你看看，"灰猫头鹰回答，"看看窗外，这是个什么地方，哪里有野兽！"

火车在越来越快地向南方奔驰着，拐弯了。

"火车变方向了，我敢打赌，整个杰米斯卡乌阿达到处都是森林。"

这时灰猫头鹰快乐起来了，平静地说：

"也许，也许很快就有森林的，很快我们就会摆脱困境的，看来是有指望的了。"

灰猫头鹰想跟列车员打听这地方的情况，说不定他能知道点儿什么，能告诉他们火车载着他们到哪儿去。在卖报摊前，灰猫头鹰找到了一位列车员。那人看起来是一个乐观的、好心肠的人。

"您买的票，"他说，"是到卡巴诺的，您在行李车厢里的一切东西也应运到这一站。您别担心，我知道这个地方，它并不很糟，也许那儿不是一个好的猎场，但那儿的人特别好。"

他想了想，补充道：

"如果您要寻找森林的话，那么，那儿的森林简直太多了……不过森林太多了，倒不见得好。"

"怎么样？列车员怎么说的？"丈夫回来时，阿娜哈里奥问道。

"他说那儿有许多森林，"灰猫头鹰回答道，"也许，他以为有几里宽的小杨树林就算是森林了。"

窗外，不断地闪过牧场、城市、公路，这两位可怜的印第安人相互依偎着坐在凳子上，紧张地看着这片地区，它全然不像令人喜爱的荒野的北方。在这里，他们就像鱼儿落到干燥的岸上一样焦躁不安，只有脚旁的这两只小动物是他们与亲切的森林和水的活生生的联系，它们从来没有像现在这样使他们感到如此亲切。他们觉得，乘车旅行的不是两个人和两只动物，而是在陌生地方旅行的四个朋友。

不过，没完没了的旅行使这两个小家伙感到很沮丧。幸亏，那讨人喜欢的列车员允许打破一些旅行规则——当这节车厢里没有别的乘客时，可以把这两个小乘客放出来在车厢过道里自由走动。后来这位列车员还建议他们搬到货厢去，那儿的空气清新得多。当他们听从这个建议搬了过去，从冰箱里取出新鲜水喂海狸的时候，小家伙们又活跃起来了。它

54

们总是这样：一见到水和新鲜空气就非常活跃，比见到食物还高兴。

古老的魁北克的高尚精神在火车上开始显示出来，火车乘务组的成员了解到两个印第安人和两只海狸一路上几乎都没有吃东西时，他们很为这些朋友担心，纷纷把自己的大部分午饭留给他们吃。

这种友善的态度和车窗外面可见的宽敞的杰米斯卡乌阿达湖面及对岸宏伟的绿色山峦，使两位印第安人精神振奋起来，就像两只小动物见到水和空气那样高兴。快要到站时，在湖东部眼力可及的地方，他们终于看到了森林。

下车后，灰猫头鹰把所有的装备装到一辆有篷的货运汽车里，运到湖边去。那城市看来很小，但他们一下子就明白了，这是一个森林城市，河这边全是农场。在近处，在河对岸的大片地区全带有印第安人的风格。他们高兴起来了，但他们心里还是感到不安：粮食只够吃一个月，如果打不到猎物，这点粮食是不够吃一冬的，只有靠打猎攒一些钱来维持生活。

付过车费之后，灰猫头鹰算了算手里的钱，把它们放在鹿皮上衣口袋里：手头所有的钱加起来，一共只有 1 美元 45 美分。

罐头城

卡巴诺城实际上是一个很大的村落，是法属加拿大地区很典型的宽阔村庄，位于古老的多林山岭的背风面。

城市的冷清从来都吓不住外来人的。这个阳光明媚、可爱的小地方的人们全然没有城里人脸上常见的那种倦容，甚至那一排排树木框起来的人行道和朴素优雅的房屋都显示着主人的善良仁慈。木材加工厂是城里的主要游览地，若是没有它，这个小城市就失去了其存在的意义了。山丘上的那幢石砌的教堂显得那么高，仿佛所有的居民都在它的庇护之下。

这两个外来人在城里的街道上走着，旁边跟着载着家什的大车。他们遇到许多人，随处听到的唯一的语言是法语。没有人说英语，而灰猫头鹰只记了40来个法语单词，这还是欧战中学来的。

"印第安人！野蛮人！"他听出了传到耳边的这句话。

这两个印第安人所遇到的人对他们都感到浓厚的兴趣。但是，对他们表现出来的好奇和对外来人的特别注意中，并没有不礼貌的东西。相反，有一次一群人正沉浸在热烈的谈话中，把人行道挡住了。这两个印第安人从他们中间挤过去时，他们明白挡着了人家，立刻让出路来。妇女们都向他们点头，男人们则和他们打招呼。

河东岸的远处覆盖着黑压压的森林，看不见有任何人居

住的迹象。杜莱依奇湖就在那边，通往不知惊恐的鸟兽国度的大门，就在那里！要赶快到那儿去，在那儿的森林边上安下营来，休息一下，积蓄精力！别人通常是想从森林里赶快出来，回到宾馆，洗个澡，在饭店里吃顿饭，而这两位印第安人却从舒适的城市奔到森林里去。狂暴的湖面掀起了巨浪，坐在大渡船上的乘客为这两位印第安人捏了一把汗：那条小小的独木船怎经得起这样的大风浪呢？但这两位印第安人很快向他们证实了，独木船不仅能平稳地驶在水面上，而且还能在其他船只行驶不了的地方航行。

那条大渡船叫"圣约翰号"。它横穿这个湖行驶 1.6 千米路程，把卡巴诺和另一个很小的城市（新村）连接起来。在新村里住着大约 100 户人家，像分布在杜莱依奇湖附近的居民一样，常常乘独木船来来往往。

两位行者想尽快到达杜莱依奇，把所有的东西都放到"圣约翰号"上，而他们自己却坐进了旁边的那条独木船。很长时间没遇到水的海狸这时可以自由行动了。但它们见到这么一大片水时，却没去游水，只是在岸边跑一跑，偶尔跳进水里，却又马上回到陆上来。

过了一会儿，在拐弯处传来一阵喊声，原来是岸上的人们在提醒这两位印第安人不要在狂暴的湖面上划船。他们走过来，很担心独木船的命运。他们见不到独木船的踪影，以为出了什么不幸的事。当这两位印第安人顺利划到对岸时，有一个人用英语对他们说，他们大伙都为他们高兴。可以想象，这样友好的关怀使这两个孤独的人多么感动啊！他们在

与不幸的预感进行的斗争中弄得筋疲力尽，连灰猫头鹰都觉得喉咙发痒了，他们找不到一句话来表达对他们的感激。法国人却打开了随身带来的篮子，拿出饼干、三明治和糖果，用一种不容拒绝的礼貌口吻请他们品尝。阿娜哈里奥眼里噙着泪水，泪珠就要滚下脸颊来了。

突然有人用法语喊道：

"海狸！"

海狸从水里爬出来，四下张望着停在岸边。

"快来看这些小乖乖！"几位妇女凑上前去想抚摸它们。

但不知为什么她们突然害怕起来，跳着跑开了。海狸跟着爬过去，接着不知为什么也害怕了，跳到湖里，用尾巴在水面拍打着，向人们溅过来一阵阵水花，使气氛变得异常热闹。

这一天，两位行者在古老的杰米斯卡乌阿达岸上愉快地散着步。但灰猫头鹰心里却有个没有解开的疑团：那些快乐的人们能否理解他们这些外来人，会不会突然想到印第安人的某些愚笨行为而觉得不安呢？

那些可爱的人们回城里时请这两位印第安人用印第安语和英语写出自己的名字和画出他们崇拜的图腾来，留作纪念。阿娜哈里奥很高兴地画了一匹小马（波尼马），而灰猫头鹰画了一只灰猫头鹰，他十分看重这种鸟儿，遗憾的是，由于认为它太了不起了，鸟儿竟画得没有一点儿生气⋯⋯

但大伙儿对这些艺术作品仍十分满意，晚饭前给他们留下了整整一箱子饼干，一瓶红葡萄酒，道了声"别忘了我

们!"就离别了他们。他们绕过湖角很长时间了,还能听到他们的说话声。

在这之前,那种孤独、忧郁感还在困扰着这两位寻找不知惊恐的鸟兽国度的探索者,而现在这种感觉已无影无踪了!那些善良的人们恐怕未必能了解,他们的关怀给这两位爱幻想的人带来了多大的鼓励。送走快乐的人们之后,夫妇俩心情平静下来,迅速整理凌乱的东西,扎下营地,在陌生的地方给海狸做了一个棚栏以防万一。

风平浪静后,从湖面上又来了一位客人,他捉了两只小淡水鲑送给他们,他看来不懂英语,因此一句话也没说,只是笑了笑,在船上欠了一下身,把手里的鱼递给他们。灰猫头鹰搜索记忆中的法语词汇,极力表达自己的感激之情。他认为这些话说得很恰当,完全适于这种场合,但那位客人却显然什么也没听懂,只是微笑地点着头。

"真有意思,"灰猫头鹰特别不好意思地对阿娜哈里奥说,"我讲得没错,他却听不懂他的母语。"

"再想想!"阿娜哈里奥说,"把你知道的都用上,早晚他会明白的。"

"好吧,但我错在哪儿了呢?我讲的法语不对吗?"

"你讲的什么法语!"阿娜哈里奥用英语说。

那位客人听到英语,突然快乐起来了。

"太好了!"他用极标准的英语对灰猫头鹰说,"是我的错!我为什么会以为你们只会说印第安语呢!"

阿娜哈里奥是对的,那位法国人把灰猫头鹰说的法语当

成印第安语了。

当两位印第安人站在杰米斯卡乌阿达河岸上的时候，有许多客人乘着小船来到他们的营地，有些还是当地很重要的人物。显然他们到这两位印第安人这儿来，并不是出于人所共有的那种好奇心，而是因为，他们作为这里的主人，认为安排好异乡来的客人是自己的责任，要尽量不让他们感到是在异乡，而有一种宾至如归的感觉。客人们还带来了一些礼物：土豆和烧酒。有一个人还写出了许多人的地址给他们，说是让大家尽快认识。邻近一个城市来的一位毛皮商人建议他们卖给他一定数量的海狸，以换点钱用到新年。不管怎样——好奇也罢，办事也罢，交友也罢——对他们几乎都彬彬有礼，关怀备至。他们有时也碰到一两件不愉快的事或误会，谁会去相信没有不愉快的事呢。但总的来说，法国人对灰猫

头鹰这样友好是出乎他们意料的。的确，1917～1918年，他吃过法国逃兵的苦头，这些讨厌的家伙占领了加拿大森林，成了灭绝野兽的毛皮商人。他们性情怪僻，影响极坏，十分可恶。而在这些法国人之后，灰猫头鹰又遇上了魁北克旧式贵族阶层的法国人（他们统治这儿长达三个世纪）。这些生活在优越环境里的人们，像那罐头作了防腐处理一样，别人损坏不了他们的自然本性。谁知道他们本质上是什么人，内心深处又是怎样看待这两位流浪的印第安人的呢？是不是都平等看待他们呢？无论在自己的故乡，在荒凉的森林里，还是在文明人的战争里，灰猫头鹰都吃过苦。如果人们微笑着向他走来，他就感到很满意了。

天赐食物

要是在北部毛皮狩猎区，毛皮投机商早就以长期贷款形式供应给印第安人食物了。但这里，谁也没考虑过这件事，城里也没有任何收购毛皮的地方。当地的店铺也没有这种支取预付款打猎的概念。这时，随着猎期的临近，天空已是秋叶纷飞了。

到底该怎么办呢？到哪儿去弄钱呢？他们收集了一些比周所讲的引人入胜的故事更可靠的关于这个地区的资料。他们发现那条山脊的样子酷似一只大象的背，山上的森林从杜莱依奇河口一直延伸到新布隆斯维克，几乎快到大西洋边上

了。这真是太好了。只是周当时所描述的这一地区的情景不完全是这个样子。在他的描述中，没有猎区，只有一些小农舍，连小船队也没有，毛皮动物不给居民带来任何损害，只是偶尔有些鹿来偷吃干草，至于说到什么猫科动物，某某人的爷爷怎样，某某人的爷爷的什么人又怎样……这都不值得去追究真伪，从而剥夺这位天才的故事讲述者乐于不断地向某个轻信的听众讲述奇闻佚事的权利。

在一艘爱尔兰人的渡船上，熟悉周围环境的人们告诉灰猫头鹰，从这里往前走 6580 千米，就可能弄到一些水貂、狐狸和零零星星的水獭。

他们还断定那儿有海狸，不过每窝之间的距离很远。灰猫头鹰对于这些海狸很感兴趣，但他曾发誓不再猎捕海狸，他不能违背自己的誓言。从目前的情况来看，要兑现任何时候不捕杀海狸的庄重诺言，对灰猫头鹰来说，并不是件很轻松的事。但是建立海狸养殖区的念头一直萦绕在他的脑际，使他感到温暖，使他浮想联翩，并作了远景计划。确实不用担心，如果海狸不提供毛皮产品的话，那么，靠其他动物的毛皮产品也能生存下去。每个猎人正是那样生活，那样行动，在自己的事业中投入大量的劳动，一生中经历过许多事情，体验过许许多多的乐趣。无论怎样做，其结局几乎都是一样的。灰猫头鹰在他的闯荡生活中，还没有遇到过一位这样的猎人：一生辛苦，到老年时，能靠平时的积蓄安安稳稳地生活下去。

有森林，有野兽，这就好了！但是，这两位寻找不知惊恐的鸟兽国度的人又产生了新的不安。两只海狸不知什么缘故突然开始脱毛，而且速度特别快。它们白天夜里不断地摩擦，搔痒，脱落下大撮大撮的毛，短时间里变成像蛇一样光秃秃的了，只有后背的中间部分因摩擦不到而留有一条窄窄的毛痕。这副样子有点儿像历史书里描写的剃光了头的印第安族的易洛魁人。阿娜哈里奥的同族就特别喜欢把自己弄成这个样子。因此，灰猫头鹰和阿娜哈里奥开玩笑地管他们的小海狸叫小易洛魁人。小海狸病得很重，它们变得焦躁不安，拒绝进食，也不愿意到水里去，周围的一切都让它们讨厌。于是他们不得不带它们去看医生，医生给小海狸看过病后，建议改变一下小海狸的食物。按他的说法，燕麦能使血液加热，老吃燕麦，海狸可能会死掉的。看来海狸的情况很不妙，冬天就要到了，而它们却没有了毛。医生留下了一小罐治疗疮的药膏，还建议用给小孩吃的特殊营养品喂海狸。对于看病和药品，医生竟分文未收，还用标准的学院式英语说：

"我是一个老兵，从不向朋友收钱。如果你们生了病，直接找我好了，你们不必花什么钱，我永远是你们的朋友。"

太走运了！灰猫头鹰总共只剩下 30 美分了，他还想到小铺子里去买些营养品呢，从这一天起，他终于决定去弄钱了——去哪儿都行，只要能弄到钱。

"75 美元！"小店主人拿出药品用法语说道。

灰猫头鹰看了看药，想，75 美元，瞧他说得多轻松！不过，湖边上的两个可怜的患病的小家伙正等着这些药呢。人在危难时，总会产生些勇气的。

"可以赊账吗?"灰猫头鹰问。

店主心里感到这个人很落泊,似乎正受着很大的打击,但看样子很值得信任。

"唔,当然可以,先生……还要什么?"店主用法语说道。

灰猫头鹰转过身来看了看阿娜哈里奥,觉得现在她听法语比他强多了。

"他说什么?"他问。

"还要什么?"店主第二次问。

灰猫头鹰捏捏手指,摸了摸柜台,两脚来回蹁着,摸不着头脑。看样子这个商人是要他买东西。灰猫头鹰突然明白了,现在得抓住机会才是。

"最近,"他说,"我要去杜莱依奇湖打猎,我需要一些食品过冬。"

"在河流的什么地方?"

"在支流哈尔顿河上。"

"多好的地方啊!"店主说。

而灰猫头鹰除了哈尔顿河之外,其他一无所知。

店主拿出订货本子,拿起铅笔,开始在上面记录灰猫头鹰要买的东西。最后,当灰猫头鹰走出小店时,除有够吃到冬末的食物以外,手里还有120美元。走在街上,阿娜哈里奥说:

"我们应该开一瓶香槟酒来庆贺一下。"

回到营地,他们看到那两只小海狸还是像他们出门时那么可怜、沉默、软弱无力的样子。平时分别后再见面,它们总是很可笑地跳起来迎接他们，而如今却看不到这种情景了！给它们打开栏杆时，它们竟然不想爬出来。他们开始往海狸长疮的小身体上涂药。这药刺激它们的皮肤，于是它们更加频繁地搔起痒来，药便浸到皮层里面去了。之后，喂它们喝有助于健康的营养液。海狸先嗅了嗅，尝了几口，才开始吃起来，等它们吃了许多之后，灰猫头鹰和阿娜哈里奥才长长地出了一口气，放下心来。这一天傍晚时分，海狸们觉得好些了，也爱吃东西了。几天以后，它们几乎快恢复到原先的活泼状态了。这样短的时间里就能恢复精力，这样的动物是很少见的。灰猫头鹰凭以往的经验断定，两只海狸前几天不吃不喝没有死去，那真是万幸。过了不到一个月，它们又长出了新毛，发狂、暴躁的脾气也不见了。灰猫头鹰只用了三天时间就使海狸站起来了。他把一半的粮食装上独木船，在一个明媚的秋天的早晨，离开了营地。

空中散发着一股冷气，水上弥漫着薄薄的雾气。金黄色、深红色的树叶飞舞着。四位勇敢者向着前方，向着那座小山丘，向着远方的森林，向着那个不知惊恐的鸟兽国度的方向行进！

冷水浴

这条河原来并不很深，同时也没有加拿大北部居民作业时习惯的稠密的急流。他们必须一次次地用一根竹竿撑着河

家园的故事丛书

底划船。当然，这并不怎么困难，也不危险，但是对于像灰猫头鹰那样天生的桨手来说，一连几个小时站在船上来回撑船，这是极令人厌烦的事。

到杜莱依奇湖虽然只有 13 千米，但船满载货物逆水而行，却得走整整一天的时间。第二天中午时分，两位行者经过平静的水面来到了一个村落，在这儿可以详细打听一下以后的路线了。

不少村民住在村子边上，他们只了解那些小牧区和牧师的训诫。这个社区里所公认的先进人物都善良、亲切，其中一个人特别精明能干，虽然只有一只胳膊，却能把旧汽车卸下来做成带马达的雪橇。他还办了一个小型发电站，在杰米斯卡乌阿达湖上有自己的一艘蒸汽渡船。但是也有这样的人，只半开着窗子和门看路过的印第安人。有的人看到印第安人后，好奇得瞪着双眼发呆。迎面遇上的男人，往往直直地看着他们，然后调转马头，跟他们缓步并排行走。

岸上有一个磨房主的仓库，他们打听清楚再走 48 千米就能到达斯多乌尼·克里克河口之后，便把粮食存放在仓库里。河的上游是一个湖泊，人们都说那是个谋生的好地方，说那儿有小水貂、水獭和狐狸。此外，湖里还有一窝海狸，大概是全地区唯一的一窝海狸！这个消息，使灰猫头鹰感到有些沮丧。为寻找不知惊恐的鸟兽国度走过了一条怎样的路啊，就只得到这样一句话：全地区只有一窝海狸！看来，越是深入到这种自然环境，飞禽走兽逃散得越快，距那个不知惊恐的鸟兽国度也就越遥远。还有一件意想不到的事：再往下去

这条河便分成两股支流，水流很浅、很急，载货的独木船在那儿就别想行驶了。怎么办呢？看来，那些东西得用马匹从河岸上的林间道路上运过去了。运送这些东西得花费10美元，而他们又没有这笔预算。他们本来会因这件事感到沮丧，可这两位林中行者不知为什么却一点儿也不发愁。像所有到森林里来的朝气蓬勃的人一样，他们对生活充满了希望，相信会有那么一天，食物啦、钱啦，连同那10美元都会从什么地方冒出来的。

后来发生了这样一件事：在回去取剩下的东西时，他们发现了一只红狐狸。那家伙当时正想游过河对岸去，当它快要游到岸边时，突然从悬崖下冒出一只独木船。常常有这样的情况，一只鸡在公路上走，一辆汽车向它驶过来，鸡本来应该躲到路边去，可它偏偏却向着驶过来的汽车扑去。当然，它只能一命呜呼了。这只狐狸只要再努努力，它就脱离险境了。但是它突然见到独木船时，却掉过头来，不用说，这时追上它、抓到它，装到袋子里，就轻而易举了。这只狐狸现在正好能卖10美元！

买狐狸的那个商人正是那个一心想买海狸的人。他以为这两个印第安人再没有别的东西可卖了，便要他们把海狸也卖给他，购价提到100美元现金。商人很固执，要摆脱他实在不容易，但无论如何也要保住海狸。现在每只海狸有近4千克重了，但它们因为运动量小，特别是游泳少，还未达到与其年龄相应的体重。不过，它们的牙齿并没有受身体发育不怎么好的影响，它们已经长得高过了那只白铁做的箱子了。

怎样运送它们呢？难题出现了。因箱子窄小，有一次在湖上行船时，海狸钻到水里半天不见踪影，不过最后还是返回了独木船上。地上已经白雪皑皑了，背风的地方，河水已经结冰了。应该加紧赶路才是，不能半天半天地浪费时间去等海狸了。于是，一个"绝妙的想法"应运而生：把海狸放到一个长方形箱状的白铁炉子里，里面拴两个带把的杯子，然后把炉门锁上，通过排烟孔喂它们食物。它们每次吃东西时，孔里都传来熟悉的呼叫声。在他们用过的方法中，这个办法最灵验，当主人们要用炉子时，海狸就钻到水里去；白天，当它们要活动时，就把它们藏到炉子里去，和日常杂物为伍。海狸很快就习惯了这个炉里的生活，听话地到"铁屋子里"用树枝铺成的床上睡觉。不过，这个绝妙的办法差点使这两位印第安人永远失去他们的宠物。事情是这样的：两位行者收拾好了行装准备绕弯路运到河口（他们要很长时间住在河口），之后划着独木船沿河而上。已经有了几次料峭的初寒天气，实实在在的冬天就在眼前了。独木船的外侧很快结上了冰，被铁器磨破的杆子上也结了一层冰，变得像一根粗棍子一样，扑通地击着水，飞溅的水珠使独木船的船舷变得像一块大冰，船像在冰场上滑动一样。在这样的情况下，站在很滑的船尾用杆子划船，是一件很不容易的事。船里还放着他们的日常用品，这些并不算多的东西，本来可以很方便地同货物一起从陆路运走。但是，他们由于自尊心作怪，认为用独木船运载不会有任何问题，结果使独木船出丑了。在一个水流湍急、行船困难的地方，灰猫头鹰用杆子使劲撑着船，

他穿的结了冰的像玻璃一样光滑的软皮鞋，在独木船里滑了一下，于是他整个儿头朝前掉进了河里，他这突然间的落水，使轻巧的独木船在强烈的振动和河水的拍击下，漫进好多水，接着慢慢地船底翻了过来。不用说，这时阿娜哈里奥也掉进了水里。他们脑海中闪过一个可怕的念头：漂着冰块的急流也许要把锁在"铁屋子"里的海狸冲走了，它们被紧紧地锁在里面，无论如何也不可能跑出来逃生了……

一包包东西漂了起来，空船也很快漂浮起来，但他们已无暇顾及了。他们站在齐肩深的冰水里，只能用双脚摸索着河底。有一次，阿娜哈里奥竟然滑倒了，不过，她又轻巧地站了起来。现在怎么办？要知道，装在炉子里突然沉到水里的海狸，还要继续沉下去的。已经过了好长时间了，站在冰水里的两位印第安人感到迷糊了。当他们清醒过来时，发现他们的脚碰到了装海狸的炉子。灰猫头鹰拾起炉子，炉子里流出一股水来。

"它们活着，活着呢！"清醒过来的阿娜哈里奥喊叫起来。

但灰猫头鹰这时正一只手拿着一个小油桶的盖，茫然地站着，一个盛满油的小油桶，急速地在眼前漂了过去。

温度低于零度，都快使人冻僵了。带冰块的水打在腿上，如刀割一般，这两位闯荡森林的人正面临着冻坏双腿、被急流冲走的危险。

他们离河岸只有 5 米多远。阿娜哈里奥撑着杆子，顺利地划过了在当时看来算是相当远的距离，把装着正愤怒地叫喊着的海狸的炉子放到了岸上。之后，她又三次冒着刺骨的

急流跳进水里，打捞各样物品，与此同时，更有力气和有经验的灰猫头鹰救出了那条独木船。

幸好，这条船还能使用，只是船舷损坏了一点，粗帆布完好无损，它完全还能胜任以后的航行。

两个印第安人连庆贺一下胜利的时间都没有。天气愈加冷了。四周开始上冻了，连湿衣服都开始冻冰了。他们全身湿透，冷得刺骨，这时想到浑身光秃秃的海狸，感到非常担心。好在一些捆起来的被子还是干的。灰猫头鹰把阿娜哈里奥和海狸一同抱到被子里后，自己则跑起步来，并且收集了很多干树枝，生了一大堆篝火。无论如何，倒霉的事总算过去了。不一会儿，这两个快乐幸福的人就坐在篝火边等着喝茶，并在平底煎锅上烤起鹿肉来了。

与此同时，那两个"潜水员"——海狸也在铁箱子里的新床铺上安顿下来，吃起主人为防万一而储备的糖果来了，时而发出固执的争吵声。

在这场事故中，除了一个小油桶和一包油以外，什么也没损失，就连拴在洗衣板上的两块窗玻璃，也在下游不远处找到了。

大约过了两个小时，两位行者就像什么也没有发生过一样，继续上路了。之后，他们把大半夜的时间用来烘干弄湿了的东西。而那两个光秃秃的朋友却一点儿也不想到水里去，显然，它们"洗澡"洗够了，它们不想在水里游泳，而把过剩的精力用于陆上活动，入睡前，还在小山丘上挖了一个洞。

"愉快的消遣"

第二天清晨，他们来到受雇的马车夫帮他们存放粮食的地方。在那儿，一件很不愉快的事情在等着他们。他们从人们那儿打听出沿着这儿的一条河到猎区，到别列卓夫湖大约有 13 千米远，人们没有骗他们，但忘了告诉他们：这 13 千米路程的小河大约只有 1 米宽，0.15 米深。

不用说，独木船用不上了。走陆路到达湖区是 10 千米路程，但地上覆盖着半英尺（152 毫米）厚的积雪，那 360 千克重的东西得分几批从雪地上运过去！要是道路平坦的话，像灰猫头鹰这样熟练的搬运工，搬运那些东西是不在话下的。

可是通往湖区的这段路，到处是倒下的树木和砍伐后剩下的
废木料。那一大堆东西必须在这样的路上运送，必须爬过倒
下的树木，穿过难以通行的茂密丛林，同时还得战胜积雪的
阻碍，所以，一次只能扛不超过 45 千克或 68 千克的东西。
每走一步都很艰难。两位印第安人只能在适当的地方停下来
歇一歇。通常每走 68 分钟歇一次。这样来来回回地搬运，一
会儿扛着东西，一会儿空着双手。他们除了中午坐下来喝点
儿茶，整天不说话，不休息。夜幕降临时，他们终于返回了
营地，全身都被汗水湿透了，又累又饿，但因顺利地把活干
完了而非常的高兴。第一天，在 800 米的距离内，搬运了
360 多千克重的东西。

幸运的拾得物

　　第二天可没有这么顺利了，森林里的障碍物越来越多，
甚至空手返回时，也得不到休息。有些砍伐过的地方，根本
不能通行，不得不踩着小河沟的石头或者冰和水的混合物行
走。最后为了节省时间，白天也得连续工作，一点儿也不休
息。第三天也是这样，到了傍晚，他们才在小河的岸边找到
一条荒废的小路，那样艰难的步行就告结束了。诚然，他们
只前行了 1.6 千米的路程，但是现在的活儿不同了，他们很
愿意干自认为合理的事，把大捆大捆的东西分成轻重不同的
份儿，扛轻的东西时很少停下休息，只算为扛重物探路了。

　　第四天，存放全部家什的营地从最后一站又向前移动了一段距离。而到夜里，该搬运的东西已经少多了：三袋土豆中有两袋冻坏了，20多千克的葱也冻透了。这样一来现在有90多千克东西不需要再搬运了。无论怎么说，这已经是一种"慰藉"了。唯一的遗憾是，这些土豆五天前还没冻坏，可现在已经冻得一塌糊涂了。

　　放眼望去，可以看出这块地方不久前还是一大片森林，因此，可以指望附近有未被砍伐的森林。要是能发现一些毛皮动物的踪迹，灰猫头鹰就会更来精神了。遗憾的是，四周除了鹿的足迹（那种足迹很多）外，便什么也没有了。不管怎么说，这里有许多鹿并不是坏事，猎人可以吃到足够的新鲜鹿肉，而吃饱的人是会有所作为的。路边有一个旧木板棚，碰到坏天气，可以到里面一避风雨。他们在那儿拾到一个容量超过100升的、完好无损的小桶。这个拾来的东西给两位勤劳的人带来了许多乐趣，可以用它给海狸做个舒适的"卧室"，当然，它还有别的用处——行路时，可以往里面放食物和各种东西。

　　这两位印第安人不走水路之后，两只海狸在夜里就不再乱窜了，而跟他们一块睡在被子里。它们各自躺在主人的肩膀旁，鼻子紧贴在人的脖子上。人要是动一下，它们就生气地用鼻子吹气、喘气，有时还打响鼻儿。这些日子以来，两位闯荡森林的人总是不停歇地干活，身子骨很累，在沉沉的睡梦中，一不小心就有可能压着海狸，甚至把它们压伤、压死。因此，找到这只小桶是很幸运的事，海狸睡在里面既安

家园的故事从书

全，又温暖。而且因为桶是鼓起来的，它们未必能很快就咬坏它。不过它们到了桶子里面，看不见外面的东西，总觉得不自由，就像坐在牢里似的，于是就做出奇怪的抗议，发出可怕的嚎叫声。这时，只得向它们让步了，把它们从小桶里放出来。后来可好了，它们在小桶正中间的地方咬了一个洞。它们喜欢呆在桶里小洞旁边，在微风中晃悠，从那里伸出小爪子，向人家索要喜欢的油炸饼吃。它们还从那个小洞里探出头来，摆出可笑的姿势，用它们的语言向人们说着什么，有时竟发出人一样的声音，真是有趣极了！有时，它们带着十分好奇的表情从小洞里向外张望，就像车厢里的乘客在铁路站上从窗口向外张望一样。有一次，这两位印第安人发现了海狸脸上的这种表情，就不再像先前那样管它们叫"易洛魁人"，而管它们叫"外来移民"了，这个外号一直叫了很久。

很快，海狸们就爱上了这个小桶，把它当成了自己的家。当它们想出来散一会儿步的时候，就爬到小洞下面的垫子上，再跳到箱子上，然后，再从这个箱子上返回来。它们特别能睡觉，醒来之后，再弥补因睡觉而耽误的事情，真是顽皮得很！此外，它们为达到某种目的，是非常任性、固执和顽强的，一会儿去触摸装食品的杂货箱子，一会儿偷去一点儿家用的东西。任何反对它们的行为，都会使它们决心把事情做到底或者产生一些稀奇古怪的"念头"，而装满东西的帐篷又为它们实现这些念头提供了很多机会。如果说它们年纪轻轻就能干出这些事来，那么将来，当它们年纪大一些，变得更

机敏时，说不定还会做出什么事情来呢！

越过深渊

小海狸的各种怪样、相互吵架和嘟嘟哝哝，都使离别故乡的两位印第安人感到快乐。海狸已成为他们生活中不可缺少的一部分，要是突然失去它们，那将是多么大的损失啊，在他们的生活中将产生无法填补的空虚。在主人干了搬运东西的繁重劳动之后，海狸见到主人会发出愉悦刺耳的叫声。他们有时觉得简直不可思议，过去没有这些叫声时，他们是怎样过日子的。在回家的路上，他们愉快地议论、猜测着：他们不在家时，海狸们又会搞些什么恶作剧？但任凭他们怎样挖空心思去猜想，也猜不出小家伙们将会做出什么事来。诚然，它们的一些恶作剧，诸如炉子被推翻啦，起初并没有给他们带来多大的快乐，这一切在使他们震惊了一下之后，仿佛并没有留下什么了不起的印象。在两位小家伙的相互依恋和对他们的眷恋中，有些情况是极为感人的。它们常常表现得十分温柔、随和，这又似乎和它们的本性不一致，平时它们把自己的保护者们看成像是和它们一样的自然界中的一员，而别的什么东西闯入它们的生活中，它们却是持敌视态度的。有一次，一只伶鼬偶然间闯进帐子里，被一只海狸发现了，它用自己的爪子扇了来犯者一记耳光。还有一次，灰猫头鹰把一只去了毛、五脏和四脚的小鹿放到帐子里化冻。

75

海狸则把这个"野味"视作敌人，一整夜都和它勇敢地"战斗"着。在这样恶劣的环境中，只有海狸能这样幸福地生活。很难想象还有什么别的动物能如此地适应新的环境。当然，它们是一种既需要水又需要陆地的动物，但如果没有许多水，仅一杯放在窝边的水也会让它们感到满足。有趣的是，不能把水桶放在它们的窝旁，而要尽可能离它们远一些，因为它们总是把水桶当成一个洞，会像跳进冰窟窿一样跳进桶里，接着就干出各种调皮的事情来。海狸们不能再从30多厘米厚的积雪下给自己弄干草什么的作铺垫用了，只好在炉子旁弄些干树枝，并把它们咬成木屑作铺垫。

营地一搬到新的地方，海狸们当然又马上投入新的建窝工作。它们一点儿也不客气地利用手边能找到的所有材料，用以建造防栅，做成铺垫，天气如果不很冷的话，有时就弄断些小杨树条拖回家作食物。常常有这样的事：它们和主人一起干活，主人手里抱着一捆劈柴或者拎一桶水等着它们，而它们也把自己要用的东西拖进门口去。它们能很好地适应气候，天气暖和时，就在帐篷里来回地跑；天气冷时，就钻进小桶里，堵住洞口，这时，人们通常给它们盖上盖了，不再去理会它们。

天气变冷得让人受不了，夜里，连饼都冻透了。积雪一天深似一天，但却不能滑雪。背着重物在被砍伐的林地上，即使最好的雪橇也会被折断的。工作的难度迅速增大，而在雪地上拆搬旧营地和建造新营地，成了令人烦心的事情，这比单纯搬运货物艰苦得多。帐篷由于积雪融化在上面，总是潮湿的，炉子一熄火就冻得像木头一样硬邦邦的，要把它折叠起来，就像折叠铁片一样费劲。这种经常性的繁重活儿十分缠人，阿娜哈里奥被弄得筋疲力尽了。灰猫头鹰费了好大的劲儿才说服她不再搬运东西了，借口是需要她整夜为海狸生火取暖。

好在四周有许多干劈柴。

时光在流逝，又接近秋天打猎的季节了。灰猫头鹰把捕兽器安放在适当的地方，哪怕能捉到一只野兽也好。可是一只也没捉到。自从他们离开村子以来，再也没有发现过毛皮兽的踪迹。这次远行变得越来越没有指望了。只有一件事还能给他们以激励：他们搬运东西搬了 10 天，只走过不大的一块地方，所以说不定前面会有野兽的足迹，常常是每天向前推进很小的一段距离。要知道，现在只有灰猫头鹰往前搬东西，而有时还得等坏天气过去，有时简直像进入了死胡同。

有一天，他们竟怀疑所选择的方向是否正确：这条路是通往别列卓夫湖的吗？到前面探察了一下，没有什么别列卓夫湖的迹象，到处都是令人忧伤的砍伐过的林地。看来是走错方向了，灰猫头鹰决定往回走，走回小河边，从那儿沿河往上游走到湖区去。他们拟定了一条走回营地的最佳路线。结果是越向北走，地势越急剧下降，呈现出湖泊的地形来。灰猫头鹰沿着沼泽地，穿过只有北方才有的小雪松林，见到了一个不过 800 多米长的狭窄的小湖。在那儿，发现有一窝海狸，它们的窝正好堵住了入口，于是这个沼泽变成了一个小湖。沿着小湖再往下走，携带的粮食就不够用了，而一大

片森林却呈现在眼前——多么让人高兴的发现啊！有一条道路穿过沼泽地，扛着重物走在上面是危险的。不过这条路是畅通无阻的——没有一棵倒下的树木。至于沼泽，则是一天比一天冻得结实……因此，灰猫头鹰还是走了这条路。可以想象得出，他如何背着东西，小心翼翼地试探着哪儿可以走过去，并且做出标记来。灰猫头鹰朝着预定的方向走着，然后转向一个长满落叶松的山岭。在月光下，他发现有一条好走的路，于是沿着这条路登上了一片平原上的一个小山丘，他的营地就在山丘上。他停下来，稍作休息。周围一片寂静，一种不祥的预感向他袭来。

他看到在远远的山下的帐篷里映出来的星星火光，在那儿栖身着他目前最亲近的也是世上唯一的亲人。那个疲倦的女人和两个动物王国里的小孤儿正在等待着他。

"难道，"灰猫头鹰想，"我得丢脸返回那座贫穷而又富裕的城市吗？它是那么友好、信任地接待过我们。"

他久久地望着那星星火光，它是那么微弱，同什么都格格不入，但仍然从最荒凉的地方，从密林深处，从倒下的、死去的森林的残骸中勇敢地发着苍白色的光芒。

灰猫头鹰怀着沉重的心情走下山去。

当他快步走进帐篷里时，一切都是明快的、幸福的。小铁炉在熊熊地燃着火，帐篷里很温暖，他愉快地吸起烟来，舒服极了。炉火呼呼地烧着，劈柴发出干裂声，炉膛烧红了，显得很兴奋。灰猫头鹰讲着白天的奇遇，讲他如何找到湖泊，如何发现对他们此行有重要意义的海狸窝，如何在一天内找

到了盖冬天房子的地方，这是最叫他高兴的事。

灰猫头鹰渐渐忘记了他的不祥的预感，他讲起遇到阿娜哈里奥之前的种种故事来，讲了一些最让人发笑的人。阿娜哈里奥听到一个叫巴嘎拉乌·比尔的人的故事，笑得前俯后仰。震耳的笑声，惊动了好奇的小海狸。它们从铁桶的小窗口爬出来，在餐具之间嬉戏起来，把装盘子的大桶弄翻了，那些盘子撒了一地，为此它们越发打闹起来，两位主人非常开心。

灰猫头鹰的旗帜

世上任何事情都有个终结，折磨人的劳作也在黑夜来临前结束了，灰猫头鹰把最后一捆东西运到别列卓夫湖边。由于没有雪橇，两位闯荡的人在篝火的照亮下，做了一个楔形的东西。他们把所有的东西连同小桶在内都放在这个楔形物上，摸黑在冻得不够结实的冰上把它们往海狸住的地方拖去，往灰猫头鹰早先用来宿营的地方拖去。

夜里，这两位寻找幸福的人在森林里安然入睡了。明天，他们不用再在砍伐过的林地上开辟道路了；明天，结了冰的行李带不用再放在已经麻木的肩上了；明天，不用再在住惯的地方拆卸被严寒冻在雪地上的营帐了；明天，不用再干这种奴隶般的繁重劳动了。

半夜，当大家沉睡时，灰猫头鹰突然间被一阵袭来的想

法弄醒。他坐了起来，打开炉门，坐在亮处，边吸烟，边沉思。从狭小的炉门里映出的火光照在阿娜哈里奥疲倦的脸上——这位勇敢而又忠诚的妇女经受了多么艰苦的考验啊！什么样的婚姻纽带和责任感能同把这两个人连在一起的钢铁般的力量相比较啊！他们在并肩作战和克服令人无法描述的灾难中形成了这种钢铁般的力量。

灰猫头鹰想到这儿的时候，阿娜哈里奥迷迷糊糊地说：

"再不在雪地上背东西了，再不了！永远也不了！咱们走到头了！"

"是的！"灰猫头鹰吐了一口烟，回答着。

"咱们走到头了！"她重复着，然后微笑着又睡着了。

而灰猫头鹰却一直吸着烟，想着以后的事。走到了头，当然是走到了头，还能往哪儿走呢？眼下要紧的事，是在选好的地方，在这夹杂着古朴典雅又柔静的白桦树与高大的松树林子中盖一间小屋。起初，自然界的这种难于言表的美丽和雄伟，仿佛给人以压力，使他们觉得自己像是一些可怜的矮人似的。同时，这种伟大的森林的力量又使人着迷，使人忘记了几里远的地方已经出现了令人沮丧的、由树墩和树枝组成的森林废墟。

但是，没有时间来考虑这些事，特别是仔细考虑文明的进程了。十一月的第二个星期已经开始了，积雪已经超过了30厘米厚。应该快些动手盖房子了。第二天，灰猫头鹰就决定干了。可树木都冻着，用斧子伐树很费事，而且盖房子要用的尺寸合适的树木在很远的地方，必须套上行李带，在滑

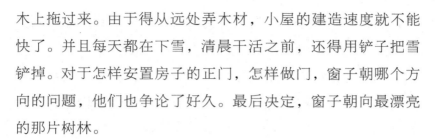

木上拖过来。由于得从远处弄木材，小屋的建造速度就不能
快了。并且每天都在下雪，清晨干活之前，还得用铲子把雪
铲掉。对于怎样安置房子的正门，怎样做门，窗子朝哪个方
向的问题，他们也争论了好久。最后决定，窗子朝向最漂亮
的那片树林。

盖房子的工作在帐篷对面的湖边上进行着。

一天晚上，两位主人回到家里，发现小桶空着，两个小
家伙不见了。两行凌乱的、踌躇的足印，互不重合地通向湖
边。它们已出走好长时间了。两位主人脑子里闪过的第一个
念头是，海狸嗅到了附近有自己的同类的气味，就朝它们爬
去了。但这种推测也许不可信：这些犹豫不安的脚印是往另
一个方向，向湖岸下去了。海狸对那个去处是很有感情的，
会本能地往那爬去。但是小海狸大概没有考虑到那儿要爬多
远的路程。因此，灰猫头鹰担心它们没有那么大的力气到达
要去的地方。这一天的白天还算暖和，但一到傍晚就上冻了，
地面上再也看不到任何足迹了。最糟糕的是，海狸虽已长了
些毛，但也只长了一半，爬这么远的路一定冻坏了。但在岸
上发现的凌乱的脚印，说明它们是没有一定目的的，只是想
游荡游荡而已，要想弄明白它们究竟往哪儿去了是不可能的，
必须用灯笼照着地面，大范围地寻找才是，而且必须赶紧寻
找，因为天气越来越冷了。他们飞快地找着，叫喊着，招呼
着……终于，在离湖边有一半路程的地方，听到很微弱的回
声：一个小家伙——公的那一只——躺在雪地上，头朝着回
家的方向。显然，它知道发生了不幸，要回家去，但没了力

气，绝望了。阿娜哈里奥把它抱起来，飞快地跑回家。灰猫头鹰还在继续寻找另一只。

他很快看到了预先说好的信号灯光，返回家里之后，知道另一只海狸在阿娜哈里奥回来之前，已经在小桶里等着他们了。

两位精明能干的冒险家在进行这次冒险前，刨开了土，又推翻了炉灶，因此回来后，不能马上生炉子把帐篷烧暖和，但全体成员的心情都很好。从此，夫妇俩随身带着装海狸的小桶去干活儿了，并在小桶旁边生火给它们取暖。

虽然夫妇俩非常繁忙地盖着小屋，但是过了 11 天，才盖好搬进去住。在盖房期间，帐篷里很拥挤，弄得他们很不愉快：外面冷，所有东西都得拖进来。那天晚上，他们搬进新屋时，心情非常好。因为炉子太小，对冰冻的墙壁起不了多大的作用，而且原木之间的裂缝还没堵上，所以小屋子冷得像冰房子一样。他们挖了许多苔藓来堵墙缝，但是还得把它们化冻才能派上用场。他们把苔藓分成三堆，放在炉火旁。

下面的事情一定会让你陷入深刻的思考之中，会让你想到，在动物身上有着跟人相似的东西。冬日森林中的这个原始建筑，居然引起了海狸的关心。当在原始劳动中疲劳了一天的主人们沉入梦乡以后，炉旁的苔藓化冻了。海狸从它们的小桶中爬出来，观察起自己的新居来。它们感到四处都有风吹进来，于是，按它们的本能，马上着手把苔藓拖过来，一一堵在了缝隙上。第二天清晨，主人醒来时，发现凡海狸能够得到的地方的缝隙，都严严实实地给堵上了。

像灰猫头鹰这种人，大概睡梦中也盘算着第二天的工作。因此当他醒来时，发现海狸干了不少他打算干的活儿时，可以想象他是多么惊讶！……

　　整整一天，灰猫头鹰都在用苔藓堵墙缝，往里面塞土，然后，再从外面加固。阿娜哈里奥做了几个架子，挂在墙上，又钉了一个桌子。总之，为的是住得更舒适。一切就绪后，他们很自豪地欣赏起自己的家来，欣赏着这些光滑的加拿大圆松木和中间夹杂着的苔藓，欣赏着像花絮一样在大松树上暗绿色枝叶间慢慢升起的白色炊烟。

　　是的，他们在欣赏着自己家里冒出来的炊烟，就像森林里的居民欣赏自己点起的第一堆篝火一样。房子的样式很让人高兴，让人产生好好生活、长期住下去的念头。这时候，墙里面有东西渗出来，墙壁、房梁还很潮湿，处处滴下水来。

但这并没有妨碍房子竣工，迁入新居的快乐。只是炉筒子略微显得窄小一些，通风不够时，就冒起烟来。不过这并不算大问题，因为用被子做的门一敞开，烟就飞散出去了。至于其他方面，这建筑物可算是够好的了。

房子盖好后，灰猫头鹰把沿途储存的所有粮食都搬了进来，并存了一些劈柴，打回一只鹿。接着开始察看地形，已经是十二月初了，这时候去捕水貂，只要它们一露头，准会有收获。他们开始盘算着捉水貂、狐狸和猞猁。灰猫头鹰开始寻找这些动物的踪迹。狐狸的足迹很少，至于其他的毛皮野兽，不要说足印，就是连一根兽毛都见不到。灰猫头鹰随身带着一块遮雨的粗麻布，一长条粗地毯，一点儿茶叶、面粉、动物油和一支猎枪，开始四处巡游。在小山上，谷地里，草地上走动，穿过峡谷和分水岭，追溯到小河的源头，爬过泥沼地里乱糟糟的灌木丛，走过山脊，寻找动物的洞穴。他累得实在不行了，夜里赶到哪里，就在哪里过夜，但仍然一无所获。

奇怪的是，即使这样，灰猫头鹰也不灰心。他觉得，最困难的时刻过去了。他完全忘我地沉迷于这片土地上，他想更多地了解它。他认为情况是不能再坏了，事情总要朝好的方面转变的。

但是，灰猫头鹰错了。他完全没想到，这时积雪竟不合时宜地开始融化了，道路变得泥泞难走，潮湿、阴沉、多雨、多雾的天气来临了。积雪在压实，在下沉，并粘住滑雪板，几乎滑不过去。紧接着，突然又是严寒天气，树下结了冰，树皮冻在雪地上，滑雪板碰到上面，像玻璃片一样四散飞溅。在这样透明的"玻璃"上行走，无论你怎么小心，都免不了跌倒，把身体弄伤。常常是，一会儿树皮拌着滑雪板，一会儿因为突然的振动使人失去控制而跪在地上。在这样的树皮路上寻找野兽的踪迹当然是不可能的：在上面行走的动物是不会留下痕迹的。这种坏天气叫北方来的人感到极其不舒服。于是，这个新的、未知的地域常常使人想起遥远的、亲切的北方，在那儿，人们可以在 1.8 米厚的雪面上平稳、有节奏地、静静地滑行。在灰猫头鹰看来，仿佛所有自然现象全在联合起来阻止他达到目的。他不能默默承受这些，他开始诅咒起来，除了愤怒地诅咒这块地方，还能做什么呢？他想挽救海狸族的一切念头都破灭了。

在湖的另一端有一个海狸窝，那儿有四只海狸。他们费了好大劲来接近他们。然而，怎样摆脱目前的困境呢？看来，地图从一开始就欺骗了他们。

经过令人痛苦的思索之后，一天晚上，灰猫头鹰决定降下船旗，开始准备打猎。他觉得自己好像是去执行死刑，而不是去打猎。他带上砸冰用的铁棒、诱饵和四个捕兽器。不一定每个捕兽器都能捕到海狸，但有两个能捕捉到就够了。阿娜哈里奥站在旁边，给灰猫头鹰递过一根树枝来引诱海狸。她内心感到很不安，不过什么也没说，凭经验，她知道丈夫决定要做的事，求他放弃是徒劳的。另外，去求他这也不是她的性格。

冬天的阳光忧郁、倦怠地照在覆盖着白雪的海狸窝，这

家园的故事丛书

些海狸或许明年春天就见不到这阳光了。不过，灰猫头鹰马上就放弃了捕猎这几只海狸的念头，他结束了这次捕猎活动，心想：借的钱过两天能还上的。

他们正要离开那里时，突然从海狸窝里传来一声像孩子似的尖叫。灰猫头鹰好奇地停下脚步，阿娜哈里奥也听到了这叫声。

"很像咱们的小海狸的叫声。"她说。

再仔细听，又有一个反抗的声音，看这情况，好像正发生一起家庭纠纷。

"一个在吃东西，"阿娜哈里奥说，"而另一个想夺过来。"

在这之后，那声音逐渐平和、模糊下来，变为满足的低语和吃东西时窸窸窣窣的声音。

"抢过来了，"阿娜哈里奥说，"和平共处了，吃起来了。"

"就你明白！"灰猫头鹰生气地说，"你干吗跟我讲这些？"

后来，一只海狸潜入水里，水就从刚打穿的冰窟窿里冒出来。从一切情况来看，这该是老海狸妈妈了。灰猫头鹰飞快地拿起捕兽器，一下子把铁棒插了过去。当捕兽器啪的一声响时，他哆嗦了一下。然后，又很快跑向其他捕兽器，把它们都合上了。

在这之后，夫妇俩都没有说话，他们甚至避免互相对视。于是收拾起所有的东西，默默地走回家去。

灰猫头鹰又升起了船旗。

玛克·折恩姬和玛克·折尼斯

了解这一地区的详情之后，灰猫头鹰完全放弃了在这个地区继续闯荡的念头，尽管远古时候，在这儿也许会有所发现，除此之外，像灰猫头鹰这样能在小路上滑雪的"能手"，竟在这里遇上了从未遇过的雪路。

对灰猫头鹰这种人而言，不再在这儿闯荡，不再去做"山外有什么"的不切实际的梦想，就意味着事业的停滞，意味着无事可做，从而要与忧郁相伴，与自省相伴。但海狸却因此有了生路，这段时间里，它们很快长大起来，每只都有7千克重，毛变得稠密、松软、油光发亮。

海狸的发育成熟并没有影响它们与主人之间的关系。它们仍像从前一样爬到主人的床上。遗憾的是，它们睡觉的时间和主人完全不一致，特别是早上，它们总是起得比主人早。主人装作熟睡的样子，静静地躺着，想使海狸稍稍安静些，好再睡一会儿。但是，海狸喜欢大伙儿也起来，于是，捏主人的眉毛、嘴唇，用各种办法使主人无法安睡，不得不起床。它们弄得主人不得不到地板上睡觉，和它们睡在一张床上太挤了，不抱着它们又不行，它们会大声喊叫。当然，也可以像对待其他动物那样，把它们放在窝里，但那样做会使海狸受委屈，他们不想这样做。

主人态度上甚至情绪上的微小变化，海狸都感觉得出来。

主人工作忙乱时,它们甚至想插手帮忙,比如,主人铺床的时候,海狸就在他们周围跑来跑去,把被子乱拽一气,有时径直把枕头拖走。主人笑着,愉快地说着话的时候,它们也用自己的方式嘟噜着,活跃得很。灰猫头鹰也同别人一样,在心情不好时会不加考虑地说话,使别人受委屈,对此海狸也明白,在这种时候,它们便尽量不在人前乱晃动。灰猫头鹰清楚地发现了这一切,这促使他的脾气变得好了一些。

到三月份的猎期还有三个月,猎人无事可做,处境困难,要是没有这两只海狸作伴,他们真会忍受不了。如果说丰富的生活内容可以增加生活乐趣的话,那么海狸丰富多彩的"表演",确实给主人带来了极大的快乐。它们也做出了许多让人始料不及的、闻所未闻的事情,往往带来无可挽回的损害,所以就要求主人们有极大的耐心去平心静气地对待它们造成的后果。空闲的时候,它们总是索要点儿什么,或把某个小物件换个地方,或在人脚下玩耍,想摆脱它们是不可能的,只有它们睡觉的时候才会安静,但它们又不总是睡觉。海狸们可真是够幸福的了,它们很满意周围的环境。它们滑稽可笑的"表演"使寂寞的、被烟熏黑的小屋里充满了生气。

这些类似爱尔菲①的小动物,干活时,前后动呀,跳呀,滑行呀,用前爪挖土呀,在昏暗的床下、桌子后或者角落里,一会儿出现,一会儿又失踪,似乎它们不止是两只,而是许多只一样,使人觉得小屋里像有一大群精灵住着。它们不停

① 爱尔菲,日耳曼神话中的自然之神。

地发出奇怪的声音，像孩子似的互相尖叫着，发出信号，有时它们趴在地板的土豆上，直直地挺着身子，用爪子有规律地、精心地洗脸，或者坐在那儿，紧紧将前爪贴在胸前，尾巴也放在前面，那样子酷似神话中那从红木里出来的小傻瓜。

经常是当两个小家伙紧张地行动时，会突然像接到什么信号似的，一下子静止不动了。默默地、警觉地看着主人，聚精会神地、机灵地用眼睛盯着主人，仿佛突然明白了，主人并不是海狸那样的动物。于是，它们会立即采取行动。

"是的，大朋友们，"它们仿佛在说，"我们知道自己还小着呢，但是……等一会儿，我们就会长大！"

它们意味深长地观察着主人，仿佛是有着朦胧智力的微型人一样，有时还张口像是与大人说着什么话。

但是在白天结束的时候，它们会把所有的智慧和警觉性，所有精彩的、内行的玩耍，一切大事和小事都抛在脑后。这时，它们身上的类似人的高级本能不见了，剩下的只有疲倦！它们各自爬到自己的主人那儿，请求他们把自己抱在手里，然后深深叹一口气，便十分惬意地进入了梦乡。

这种不断变着样子活动的动物在人这里作客，过着营地生活，竟变得那么自然了。尽管这里完全没有它们族类过去生活的自然环境。这里没有水库，它们过着在陆地上栖息的动物的生活，地板上放一个吃东西用的盆儿就足够了。

它们完全满足于这儿的家当，即使天气暖和的时候，大开门庭，它们也不到湖里去。有一次，主人把它们放到一个冰窟窿边上，可它们却拒绝爬进去喝水，并尽快从冰上爬了

下来，沿着一条积雪的小路爬回到主人的家里。

它们"脑海里"似乎有各种各样的计划，但执行的结果，却是把主人住的房子变成稀奇古怪、乱七八糟的样子。更有意思的是它们想在此基础上给自己盖个"住宅"，它们在床下占了一块地方当做自己的领地，像两个财主那样神气，把劈柴箱里的所有木柴都拖了出来，竖起栅栏做成四面墙，还留了一个出口，又在里面咬了一个洞，在后墙跟下挖了一个地下室，但后来成了它们的"卧室"。

主人很长时间不知道在他们的屋子里会有这么一个矿井似的脏地方。一次，他们突然发现从床旁的一堵墙上掉下来一块很重的东西：那是一大块黏土。接着又掉下一块很重的石头，之后，又是一小块黏土。于是他们发现了这个地下室，它的四周已经完好地涂满了泥土，掉到房间里的古怪的东西是剩下的一些泥土。顺便说一句，海狸是很会节省材料的，发现一些泥土掉到房间里，就捡了起来，再涂到墙上。不仅如此，它们还很会利用人们叫做劳动组合的东西。当地下室里只能容一只海狸"劳作"时，它们就轮流在那儿劳作；而能一起干时，就一个搬材料，一个抹墙。

每到夜里主人"考察"海狸的工地时，都会听到神秘、低沉的碰撞声，争吵声，轻声的吼叫和重重的呼吸声。那木栅栏外面渐渐地全都涂满了泥，而只留下了类似小桶上的那种观察孔。洞穴在小屋子的下面，化雪时，水从房顶上流进洞穴里，渗透进去，干燥的黏土就变成了稀泥。这时，海狸一般会爬到屋里，来到主人的身边，浑身是黏土，叫你几乎

认不出来。就这副样子，它们还要爬到主人的膝盖上去。

这些日子，夫妇俩不知从哪儿弄来一本书，讲的是昔日美利坚合众国建设太平洋铁路的事，他们读到爱尔兰工人的勤劳和顽强事迹时，就联想到床下海狸的建筑工地，它们也同样勤劳和顽强。于是，他们给海狸各取了一个爱尔兰名字：玛克·折尼斯和玛克·折恩姬。事实上，这两个名字很适合它们，因为它们就像两个科克（爱尔兰的一个城市）来的绅士，精力特别充沛，但有时也发脾气。

公的那只海狸（现在叫它玛克·折尼斯）喜欢和人们做些心爱的小游戏。它每天中午前醒来，小心地趴在一个它自己加固的角落里，一直等着主人从它旁边经过。这种玩意儿它每天早上都做，一天不漏，因此，主人已经料到它在哪儿了，却故意从那经过。当主人一走近，玛克·折尼斯就猛然冲上来跟他"厮打"，之后就走出来做它早晨的"独白"，并使用多种声调大声"朗诵"。有时，它们两个并排坐着，仿佛在观摩或是在阅兵，庄重地点着头，发出特别奇怪的声音。

玛克·折尼斯和玛克·折恩姬，这两个名字非常相近，就像这两只海狸本身就那么相像一样。因此，当你呼唤其中一只的时候，两只会一起爬过来。它们都熟记了这两个名字。

在玛克·折尼斯做完早晨的"军事游戏"和玛克·折恩姬进行花哨的"劝喻"之后，主人开始喂它们各种好吃的小块食物，海狸把这些食物拖回自己的窝里，分开坐下，距离尽量拉大，吃着，小声嘟哝着，防备着可能发生的"偷盗"行为。它们吃得津津有味，不时发出吧嗒吧嗒的响声，但它

们对食物很挑剔，口味也各不相同。剩下的残羹冷饭，它们是无论如何不愿意吃的。它们吃东西时，有时非常任性，在很多块饼里，它们不是随便拿一块就吃，而是转来转去，挑了又挑，就像某部长篇小说的主人公在一打各式各样的烟卷里挑一支香烟，挑来挑去一样。

吃过早饭之后，海狸开始愉快地在地板上干日常的活儿，灵巧又忙乱地向前走着，仿佛在说："瞧，我们来了！吩咐我们做什么？"随后，他们通常就做起共同的活儿来，不过，分工很明确：主人做主人的，海狸做海狸的。人们始终喜爱海狸，就在于它们真实。它们的声音、行为和它们的表情总是一致的。在某种程度上讲，它们似乎还有着天才的幽默感。有一次，灰猫头鹰发现，一只海狸在欺负另一只，直到被欺负者发出抱怨声，前者显然认为达到了目的，摇头晃脑的样子，似乎笑得直不起腰来，然后又重复表演一次，仿佛在说："瞧，我可不是闹着玩的。"

灰猫头鹰经常观察这两位小朋友的生活，渐渐地形成了一种看法：海狸具有别的动物所没有的能力。他感到疑惑的是，它们的这种能力是否发达和完善？

这两位闯荡森林的人一生中不止一次地看到狗、狼、狐狸同族间打架，观察过许多别的动物，从美洲狮到松鼠，它们在游戏时，跳起来用蹄子或爪子相互打架。只有海狸不喜欢做这种游戏。它们打架时的不同寻常的创举表现在前腿上，用小而短的前蹄或前爪相互抓住对方，完全像人们打架一样，前、后、左、右地打，从来不只朝一个方向，它们进攻着，冲撞着，踢着脚，怒吼着，由于用力过度而喘息着，用尽了它们所知道的各种方法，全力为夺取"冠军"而争斗着。最后，当其中的一只大声宣布，谁是胜利者，谁不能再占据首位时，战斗就结束了，作战双方跳了几跳之后，就都把注意力集中到更重要的事情上去了。

这些完全"合法"的活动不足以满足任性而又能干的玛克·折恩姬天生的对强烈刺激的渴求。它给自己制定了一整套人类社会所共知的中度犯罪和越轨行为的"措施"。例如，它弄了一条自由的、完全合法的通道，通向一小堆幸免于受冻的土豆，它想拿的时候就拿，完全明目张胆，不受谁干预。它偷土豆时特别有意思：在袋子后面咬一个洞，把土豆偷偷地弄出来。于是，你就会看到它蹲在墙边，拖着偷来的土豆，心满意足地吃起来。当然人们也欣赏它的快乐的样子，让它想偷多少就偷多少。但是，海狸有一种天生的逆反心理，它们的日常"锻炼"都与克服障碍有关。所以，当玛克·折恩姬发现人们允许它偷土豆时，这项活动对它就没有诱惑力了。

在这之后，这个"犯罪分子"便转而偷起干烟叶来了。一天夜里，传来了悲切的呻吟声，看来它碰到倒霉的事儿了。人们寻声走去，发现这位勇敢的小偷正四肢摊开躺在地板上，旁边放着被吃了一些的偷来的干烟叶。这个可怜的小家伙非常痛苦，拼命往人身边爬着，但它的前腿像麻木了一样已不听使唤了。阿娜哈里奥小心地把这个小宝贝抱起来，放到床上。在这最倒霉的时候，海狸紧紧地依偎在主人身边，哀怨地看着主人。玛克·折恩姬紧贴着阿娜哈里奥，用爪子拽她

的衣服，有气无力地、默默地、哀求着期待着她救救自己。

灰猫头鹰平生还是第一次看到这样的场面，被深深地感动了。他凭以往的经验给它治疗。海狸不能呕吐，又不能吃东西。过了一会儿就不能动弹了，心跳也几乎停止了。突然，灰猫头鹰记起这是鸦片中毒症状。他叫阿娜哈里奥使劲揉搓它的身体，按摩它的双爪、双脚，无论如何也不能让它睡过去。这办法未免有些残酷，但涉及海狸的生死问题，也就管不了许多了。这时阿娜哈里奥又想起用热芥末水洗浴也有助于缓解症状。当准备好热水时，海狸已经失去了知觉，柔弱得一丝力气也没有了。他们把它放到浴盆里，它的头像死了一样沉进水里。没有让热水一下子全浸透它身上的毛，只把腿和尾巴浸到热水里就够了。不一会儿，阿娜哈里奥用手在海狸的胸膛下面摸了摸，小海狸的心脏开始跳动了。

这只失去知觉的海狸活过来了。它微弱地呻吟着，慢慢地抬起头来，但他们刚把它从浴盆里抱出来，这个可怜的小家伙又耷拉下脑袋了，心跳也几乎感觉不到了。灰猫头鹰去弄第二盆热水时，阿娜哈里奥温柔地抚摸着它，不让它睡着。玛克·折恩姬第二次浸入热水之后，又醒了过来。之后，又是抚摸，又是洗浴，主人在全力挽救这个小家伙的生命。他们大约忙活了 10 个小时，轮流换水、抚摸，有好几次都觉得简直没有希望了，它一动不动，非常软弱地闭着双眼，从主人手里滑下去……它还抽搐过三次，但还是在主人不间断的努力下没有死去。到了黎明的时候，灰猫头鹰才觉得这场生和死的决斗结束了：玛克·折恩姬终究活过来了。在这新的

一天即将来临的时候，危险仿佛完全过去了，它的心脏在强有力地跳动着，它爬了起来，但突然又一阵抽搐，又倒下了，并伸直了身子。

灰猫头鹰放下毛巾，看来，一切都完了。

"唔，我的波尼马……"他说道。

他转过身，把木柴放进炉膛里，忙乱着，极力不去看它，他的心都要碎了……

"唔，我的波尼马……"他叫了起来。

突然，身后传来一声叫喊——不是他意料中的临死时挣扎的叫喊声，而是某种类似议论，类似人说话的声音……

灰猫头鹰回过头来。

玛克·折恩姬搭着前腿直直地坐在那儿，竟然还试图用嘴舔它那水淋淋的乱糟糟的皮毛。

阿娜哈里奥激动得哭了，灰猫头鹰平生还是第一次看到她哭。

玛克·折尼斯也凭着它的动物本能，感觉到发生了不幸的事情，一直想往玛克·折恩姬的床上钻。现在，它活过来了。当然，首先得让它们见面。玛克·折尼斯仔细地把它女伴的整个身子闻了一遍，好像这么长久（11 小时）的分别之后，它要努力弄清楚，这是不是原来的她。玛克·折尼斯轻轻地叫着，像在时断时续地呻吟，这种声音从前可没听到过。玛克·折恩姬像平时那样刺耳地尖叫着。这哭诉声在床下持续了相当长的时间。过了一会儿，主人看望它们时，它们正紧紧地拥抱着躺在那儿，就像它们小时候那样。

这个戏剧性的事件使得玛克·折恩姬好长时间不想干"坏事"了，它改好了。它亲身感受到了这种不幸，受到了"教育"。这当然也包括玛克·折尼斯，因为有一次它也险些被冻死在冰里，从此也就变得特别守规矩了。不过，阿娜哈里奥倒担心起它们的命运了。她认为，好孩子从来不会长命的。

海狸们都很有个性，如果说不是复杂的个性，那么就是矛盾的个性，并且各有其独特之处。玛克·折尼斯的情况是，如果做错了事，受到你的训斥，它会绝对地服从你并去干别的事儿，而事过之后，它又忘记了，表现得很天真，重又去做你禁止它做的事情。玛克·折恩姬则不听任何训诫，只有用暴力才能阻止它的"犯罪"念头。而当它一旦明白过来时，坏事已经干出来了。它尖叫起来，好像事先对你的干涉表示抗议一样，但无论你以何种方式同它们的行为作斗争，最终并不会使海狸产生敌对情绪，它们仍像从前那样对你表示依恋。主要是，当所有的争吵，所有的不愉快烟消云散时，它们倒产生了仿佛是深思之后对你的亲密友谊，这种感情大概是根植于母爱之中的吧，它们是永远不会失去母爱的感情的。

但无论它们的性格多么不同，无论环境怎样变化，它们齐心协力的品质是永远不变的，它们有一个共同的"愿望"：渴望用一切可行和不可行的方式，一切实在的和不实在的方法，来了解它们所够不到的范围里，例如，桌子上究竟藏着什么东西。

自从住到小屋子里以来，桌子上面就是它们够不到的地方。对海狸来说，那儿具有不同寻常的吸引力。它们仿佛觉得，就在那儿，在桌子上，放着它们向往的东西，有它们在下面，在地板上得不到的东西，它们特别强烈地向坐在桌子跟前吃饭的主人要东西吃，虽然它们总是能得到想吃的东西，但无论吃多少，食物毕竟是食物，桌子上面那块地方，它们终归没有去过。它们用尽各种方式想了解那儿究竟有什么。有一天，它们终于把用漆布做的桌布拽了下来。铁盘子掉在地上，震耳地响着。这总该给它们点儿教训了吧，但仍不起作用，仿佛这点儿教训对它们来讲还远远不够。灰猫头鹰看见海狸对那儿那么向往，当然明白，它们早晚会达到目的，但他怎么也想不到会发生下面的事情。

在此之前，灰猫头鹰和阿娜哈里奥从来也没有一连好几个小时地把海狸单独扔在小屋里。因为小屋里很冷，需要一

灰猫头鹰

直生火才行。但在一个解冻的日子里，天气很暖和，夫妇俩到几里外的木材采伐营去。夜里，他们不想回家了，便应邀在那儿过夜。第二天，一位厨师听说了海狸的故事，想去看看海狸。灰猫头鹰早晨同他告别时，建议他晚上顺路去他们那儿看海狸。厨师说一定去，并给夫妇俩带上一大捆树枝，好回去喂海狸。这是第一次有人要来拜访这两位闯荡森林的人的小屋。为了准备迎接尊贵的客人，他们急急忙忙往家赶了。

灰猫头鹰和阿娜哈里奥想尽快收拾一下屋子，以便不在客人面前丢脸，带着这样的念头，回到家门口时，却没有能一下子把门推开，门被一堆被子从里面堵上了。

不过这和下面的事情相比，实在是小事一桩：主人开门走进自己住的地方时发现房子里仿佛遭了抢劫一样。

海狸用最简单的办法从下面把那张桌子弄低了，低到它们可以够得着桌面的地步：把四条腿咬断了一节，于是桌子就变得低了。原来桌子上的东西，它们特别好奇而想得到的东西——餐具，看起来并不怎么好玩。但它们还是没有放过这些餐具，大部分餐具后来在它们的洞里找到了，但有些却怎么也找不到了。大概，它们把这些东西藏到洞穴的最里面去了。还有其他物品被弄得满地都是，也都不同程度地损坏了。洗脸盆翻过来了，肥皂也不知弄哪儿去了，一个 5 升的煤油罐扔在地板上，好在罐口朝上，煤油没洒出来。屋里的地板虽然没怎么样，但到处堆满了木屑、木片和被咬坏的各种东西。这一次"扫荡"的破坏性实在太大了，但最主要的

是使主人大吃了一惊，失去了招待客人的热情。

然而，海狸却以为它们创造了什么，展现在人们眼前的这一幅破坏情景，在它们看来，只不过是它们的伟大创举的一个段落而已。它们连一丁点儿犯罪感都没有。海狸停止了它们的"创造"，透过它们的防卫门观察着进来的人，当它们确认是自己的主人之后，两个小家伙就一下子奔了过来，跳过一大堆破损的东西，快乐地迎接两位亲爱的朋友。

处罚这些小精灵又有什么意义呢？主人扔给它们一些厨师送的糖果。它们就在那一片破损的东西中吃了起来，尽情享受着，这大概就是它们这美好的一天的美妙结局了。

灰猫头鹰怎样成了作家

有谁能说出本能的意识行为和自觉的理性思考过程之间的界限呢？灰猫头鹰在观察海狸生活的同时，多次对自己提出这样的问题。他记得有一次他看到一张报纸，上面有某铁路车站的一张照片，照片下面有一段文字："这车站和我们那儿的完全一样。"这个车站竟然不是用竹子或纸做的，这显然使那位出版者感到惊奇。灰猫头鹰记起这位天真的出版家时，也想到了自己，他对动物的智能也是这样看的："它们那儿也和我们这儿一样。"自从日常生活中出现了这些小天使——动物王国的孩子之后，他就没有了这种傲慢的观点了，而是认为有必要进一步深入到那个美好的世界里，那个还不被人了

解的生活领域中去，不用说，海狸的内心生活明显地影响了这位观察者。在某种程度上讲，任何动物作为一个族类，都具有它的人所不知的特点，那是一个未知的、预示可以发现另一个世界的巨大领域。

灰猫头鹰顽强地探索着人与动物世界的新的、类似血缘的关系。幸好，这个冬天不太冷，各种动物都在利用这较温暖的气候条件到处活动。灰猫头鹰由对海狸感兴趣而扩展到几乎对整个自然界的生命感兴趣，可以去接近所有的动物——而不只是海狸。他从一只和阿娜哈里奥很亲近的麝鼠开始做起。这是一只胖胖的、好玩的雄性动物，因为长了一个胖胖的肚子，他们给它起了一个名字叫法里斯达弗。它常常到取饮用水的冰窟窿那儿去，用草或者吃过的蜗牛壳把冰窟窿堵上，这使"外来移民"很不高兴。它喜欢坐在冰窟窿的边沿上，吃阿娜哈里奥留给它的一些食物。后来，法里斯达弗跟她已经熟悉了，直接吃她手里的东西。它常常在那儿等候她，只要阿娜哈里奥一来，它就从水里探出头。它甚至还从冰上迎着阿娜哈里奥跑过来，但没跑几米远就没信心了，它害怕起来了，又退回冰窟窿里，再从那儿往外面看。不过它对阿娜哈里奥的信任一天天增强，在冰上迎着她走的距离也越来越长，不再猛地往后退了。在岸上，法里斯达弗有一个用草和泥浆做的窝，那儿有其他动物呆过，但都没有露过面，只有法里斯达弗常出现在这些"移民"面前。

有两只松鼠也很快被驯服了。它们竟然能听到人的声音就跑过来，跳到人的肩膀上，吃人手里拿着的一块块饼干。

这两只松鼠常常争吵、打架，但对人的态度总是显得很友善，也许是装出来的，也许不是，但不管怎么说，这样做可以得到人家施舍的东西。

两位外来人的房子附近，大约还有十二只松鸦，它们做了他们的邻居。有人在的时候，它们的脾气稍稍有些变化，不像平时那样多嘴多舌。它们老是窥视他们的房门，但又极力装出一副傲慢的样子，仿佛对他们施舍的食物并不感兴趣。但房门一打开，它们就变得活跃起来，有的甚至还"吹起口哨"来，房门一关上，一切又停止了。

它们彼此之间的友善关系，在出现食物时，便保持不住了。食物的作用如此之大，就仿佛钱对许多人的作用一样。如果扔给它们一把零碎食物，那么谁也不管其他的伙伴了，都想尽可能多地抢夺，然后飞开。尽管如此，它们在这种情况下也没有完全丧失理智，如果这时只有一只松鸦，那么它一般会在食物碎块和碎屑间走来走去，平静地给自己选出最大的一块食物。松鸦们很快就和这些外来移民们混熟了，无论他们从小屋里扔出什么东西，它们都能在空中接住，那架势就像飞机俯冲下来一样。有些松鸦甚至能刹那间落到人伸出来的手指上，这时，这种新奇的、从未体验过的感受，或者是人手的温暖而使它们感到快乐。

刚开始时，人们以为松鸦都是同一副模样的，但很快就能把它们区别开来了，在每只松鸦身上发现其不同的外表和不同的性格。我们可以把这种对动物的态度称作"亲情关系"，因为如果在松鸦这样的动物身上也有可能发现个性特征

的话，那么就应该承认，在某种程度上，我们和整个世界是处在一个统一体中的。虽然松鸦是小飞禽，虽然它们飞得并不很快，但它们伶俐的动作补偿了它们力量的不足。当它们非常饿的时候，就做出极忧郁的样子，也许是无意间做出的，但只要一有食物出现，它们就马上成了威武的斗士了。有一只特别机灵的松鸦竟有这样的本事：当众鸦为了一块好吃的东西而争吵的时候，它竟装作昏迷的样子，在雪地上打滚，这往往使其他的松鸦惊慌起来，它就利用这个机会，冲向最好的那块食物，叼起来，矫健地飞离其他松鸦。

除了厚颜无耻的乞讨外，这些长着羽毛的阿谀奉承者还很会玩弄欺骗手段，因此它们假如是人的话，那会是属于那种能诱惑人的坏蛋之列。它们从您那儿抽走最后一支烟，却使您感到是帮了您的忙。

那时，灰猫头鹰放的捕捉猛禽猛兽的捕兽器曾多次捕捉住松鸦。它们被夹住双腿，挣扎着，最后，在绝望中丧失了原本无害的生命。灰猫头鹰感到奇怪的是，他现在竟带着这种"亲情关系"的感情，从所喜爱的海狸世界走进了动物王国。这在他看来，仿佛很奇怪似的。现在，这并不是一只松鸦的事了，同样的一只松鸦可以"复印"出许多只来，就像一期报纸有许多印数一样。现在，各种各样的动物都跟在他后面跑，在他脚下爬，扑到他手里，用特别信任的眼神看着他，那眼神中闪烁着生命的愉悦感。

阿娜哈里奥很以她家周围的这些动物为骄傲，它们给这一地方增添了迷人的色彩。因此这两位外来人感到，在异地他乡，他们也受到鸟类兽类的朋友和同胞似的接待。当然，人和自然关系中的这种平衡也有很多让人忧虑的地方：外来人的家庭人口在增长，并且成为一个荒唐、古怪的家庭，一个总是处于饥饿状态的家庭，很难让所有的成员都满意。最后，为了这个小家庭能生存下去，不得不制定了一些规章和日程。

虽然有许多消遣，但日子还常常显得漫长和千篇一律。幸好，这两位闯荡森林的人都是读书迷，身边带了许多杂志。比起那些消遣来，这些杂志更能减轻搬运工作带来的劳累，他们常常读书，有时相互对着读，有时独自大声地读。

他们常常思念起伟大、自由、遥远的故乡来，不得不想些办法和措施来减轻这种思念。这时候阿娜哈里奥会去滑雪，在森林里徘徊或凭记忆画下那些熟悉的地方，她擅长于绘画。这时候灰猫头鹰则在活页纸上写些东西，对那些描写大自然生活的小说里的荒谬的事作些评论，写下个人生活中发生的印象深刻的事情，叙述生活中所遇到的特殊现象和人物所留下的短促印象。许多记忆中消失的事又重新呈现出来，在某种程度上似乎充实了过去的生活，并重新去体验一次，从而得到某种满足。

有时，这两位外来人关了灯，把炉门开得大大的，坐在炉火旁边的地板上，微微摇曳的炉火在朦胧昏暗的小屋里散发着火红色或紫红色的亮光，在墙上印出种种奇形怪状的图案。一大束火光照在锡制的餐具上，使这些东西亮得很像旧时男爵府前的被磨光了的铜锁。一大束火光把挂在门上的被

子照得像一张罕见的帷幕，而从海狸的地下宫殿里传来它们含糊的低语，这声音仿佛来自遥远的过去。这一切对这两位闯荡异乡的人来说显得那么神秘，他们低声地说着话，聚精会神地望着在火红的炉膛里升腾的火光，望着它怎样熊熊地燃烧，熄灭，断裂，然后分散成碎片。这情景很像舞台人物的出场、退场。这些幻影般的形象使他们想起了记忆深处的快被遗忘了的故事、情景和思想。于是，这两位森林里的朋友，坐在微弱的炉火边，分别回忆起自己的往事，并相互讲述起来。

阿娜哈里奥喜欢讲关于巫师尼诺·伯周的冒险故事，这

个人有时特别恶毒，有时却特别善良，偶尔还是一个圣人——这是一个样样在行的机灵鬼，一个由于机智灵活而屡建功绩的实在的恶魔：不知他是现实生活里的神明，还是阿娜哈里奥所属的易洛魁人民俗中的魔鬼。

灰猫头鹰也同样讲了一些在"伟大国家"幽深森林里的贫困、饥饿和惊险的故事，有时也谈到战争和彼斯卡时期的历史。在那小火炉旁，许多被埋葬了的久远的往事，就这样被他们重新回忆起来了。两个人深入到回忆里，许多人物活灵活现地走上了那半圆形的满是火光的"舞台"上，好像人们从坟墓里把它们引到这儿，引到这个小木房里来，就立刻驻足下来，再也不能回到黑暗神秘的地方去了。

灰猫头鹰努力把其中一些故事记录下来，由此得到极大的快乐。他陆续把写满了字的纸片收集起来，藏好，很快就收集了一大包。与此同时他还写了一些关于麝鼠、松鼠、飞禽的故事。阿娜哈里奥便大声地朗读起这些东西来，不过，这些东西并没有给她留下深刻的印象，这一点灰猫头鹰早就料到了。当然，这些故事还是挺有趣的，阿娜哈里奥读过之后，总是很愿意再讲给海狸听。它们听着她讲的故事，晃着脑袋，在地上打起滚来。这就是它们对灰猫头鹰写的故事的评价，但这一切并没有妨碍他继续自己的事业。他写呀写呀，渐渐地感到写作中英文单词不够用了，他通过阅读英文杂志来充实词汇。终于阿娜哈里奥忍不住开始暗示他：他的这种写作生活已使周围的人感到厌烦了。

有一天，灰猫头鹰没有什么要紧事，就决定翻阅一下自

己写过的作品，尝试着能否从中挑选出一些有价值的东西。他读过许多小说，从中发现，虽然作者技巧高超，但仔细分析，觉得小说骨架上的"肉"很少。他决定先写一个随笔，让它多一些"肉"。于是，他开始把他写的零零散散的东西往一起拼凑。大约过了一个星期，这些小块块便构成了一篇6000字长的有"肉"的作品，在其中详细讲述了加拿大北部许多动物的生活故事，包括海狸的故事以及养在院子里、湖里的动物的故事。

灰猫头鹰反复地读着自己的作品，每一次他都感觉写得不错。他狂热地工作到深夜，修改那些觉得不妥的地方，再重新清晰地抄写一遍。现在，他又一次给阿娜哈里奥复读自己的作品，如果海狸愿意听的话，他也很愿意给它们读。阿娜哈里奥耐心地听完，指出了几处不明白的地方。这些地方灰猫头鹰很容易就改正了，加进了准确详细的说明。阿娜哈里奥也参加了这一改写工作，一个人没有想到的，另一个人加以补充。他们就这样一连几个钟头埋头于写作，很怕漏掉了什么。经过补充，灰猫头鹰的处女作达到了8000字。他觉得，对于初次创作来说，这是一个不小的收获了。阿娜哈里奥觉得文章太长了些，就小心地提醒他，但灰猫头鹰却生硬地拒绝了这个令他生气的建议。不过，他也读过类似的随笔，但别人描写森林的作品只不过有5000字，不像他这样洋洋8000字！

在灰猫头鹰看来，作品根据素材写出的文字越多，所得到的"肉"也就越多。当时，他还不觉得他这带这么多"肉"

的作品竟有许多废话。

"噢，不，"灰猫头鹰想，"再也没有什么可修改的了。落笔于纸上的故事是很理想的了，是一座堆满珍贵石头的大厦，因此，没有特别的原因，一块石头也不能搬动了！"

为了完善整篇作品而删去一些句子，竟使他产生了类似自杀的恐惧感。不，当然不能再有任何改动了！他亲自抄了一个副本，插进 50 张附有说明的照片。他所希望的一篇随笔就这样写成了。他把它封在纸包里，乘车到 60 千米外的市里，把这个包裹寄走了。

他把这篇作品寄给了一位英国的熟人，他认为，像英国这样的国家，各种类型的作品会有世界性市场的。他向经纪商指示：定期刊物转载、翻译成别国文字、改编成电影，都须经作者本人同意。他之所以做出这个声明，当然是因为他在各种杂志上读到过，当今作家对自己的作品有绝对自主权。当然，他本人并不想赚钱，只是希望自己的作品能够有更多的读者。当然，要是给钱的话，他也不拒绝，这也是好事嘛。正是杂志的影响，促使他正正经经地办事。

所有亲身为幸福而斗争过的人都知道，斗争的力度和成功取决于自信，而探索者正是要本着这种自信才能达到目的。所有失败的人都是因为丧失了自信，以后也不能再恢复自信而重新进行斗争。灰猫头鹰的行为也许就是一个鲜明的例子。他从来没有想过杂志社会拒绝出版他的随笔，他自以为，作品一发表，钱自然就会寄来，一定会寄来的。快一个月了，汇款单应该到了，他对此深信不疑。为什么寄去了作品，到

现在还没有预付款寄来，让他好去买点儿过节用的像样的东西，圣诞节快到了啊！灰猫头鹰在小铺子里拿了点儿东西，就回家去了。天空刮着猛烈的暴风雪，他向前滑着雪，滑雪板压过的痕迹随后就被雪盖上了。

他有节奏地滑着雪，沉思着，思绪像暴风雪中的雪花一样，漫天飞舞。他感到，由于写作，他背上仿佛长了翅膀，而到目前为止，他这个没有翅膀的人，慢慢地被这远离亲爱故乡的地方吸引住了。以前，他很难为自己的理想打开一条通路：这个没有翅膀的理想老是召唤着他回故乡去，引起他钻心的疼痛，几乎要大喊大叫起来。现在这个痛苦结束了，再也不感到孤独了，无论在何时何地，他都能挖掘出一个世界，用手里的笔在未被开发的美丽的地方漫游，再次亲身体验各种事情。这些奇遇如果不写出来的话，那么它们是永远也不会被人了解的。

在灰猫头鹰心中逐渐增长起来的对大自然的亲切情感，现在已变为自觉的行动了。最近，在与野生动物的接触中所得到的经验，赋予了他去亲切关怀动物的力量，一种可以驾驭的创造性的力量。对人来说，不仅海狸是如此可亲的，而且没有一种动物是无意义的！

"怎么能对这一点产生怀疑呢，"灰猫头鹰想，"既然人类对它们表示任何微小的友善态度，都能得到它们极快的回应！"

灰猫头鹰想起一只在湖边吃东西的小鹿，它总是孤单单的。灰猫头鹰猜测，这只小鹿也许是那些他为了吃肉而射死

的小鹿中幸存的一只。这个小小的孤独的生命还没学会怕人，有时它绕着湖走过来，并沿着湖岸从小屋子旁边走过去。第二天几乎是同一时刻它又来了。这两个外来人发现了这一情况，就常常走出小屋等着它来。小鹿丝毫不在意，仍然平静地来去。有时也停下来，看看他们。它很快和他们处熟了，它吃他们为海狸准备的小杨树枝，人可以在它旁边自由走动。这位新朋友使他们感到高兴，它对他们的信任，也许是它的幼稚无知成了最好的安全保障。这只小鹿出现之后，灰猫头鹰就开始到森林深处去打猎了，为的是不让枪声惊吓了小鹿，要是在一年前，灰猫头鹰不用枪，只用小棍子也会把它打死的。如果当年他不到处捕杀动物，不用接连不断的掠杀来玷污可爱的北方，那该有多好啊！可话又说回来，那又用什么来维持生活呢？灰猫头鹰不是那种想吃肉，却不想因捕杀动物弄脏自己手的感伤主义者。既然不能不吃肉，不吃东西就不能生存，那为什么不去捕杀呢？不过，要是有可能不去捕杀动物也能生存，而只把精力花在自己愿意做的事情上，那该多好啊！可不可以通过观察、研究动物进而进行写作来谋生呢？为了这种"产品"要付出多大的代价呢？

在这 60 千米的路程上，可以思考多少事情啊！雪花在飞舞，无休止地下着，尽情地落着，沉浸在这漫天飞舞的雪花中，仿佛摆脱了现实的世界一样，心灵变得纯净了，并呈现出一种新的形态。

灰猫头鹰出于一种责任感，自动把捕兽器合上，不再捕杀海狸了。松鼠、松鸦、麝鼠、小鹿等小动物对人越来越信

任了，与此同时，它们又给人打开了一条潜心研究自然界的道路：活的动物要比死的动物更有意义。这是不容置疑的，它们实在太有意思了。保护它们应该比捕杀它们更有意义。如果人们能够认真地做这件事情，那么他们的收获要比简单地得到毛皮大得多。毫无疑问，以保护生命的感情为基础的创作工作应该得到更多的报酬。而如果真是这样，灰猫头鹰就能够按他想的那样去生活和写作，那么就完全不必再去寻找什么猎区了，而且，随时随地他都能凭自己的劳动去建造一个不知惊恐的鸟兽国度了。

当然，灰猫头鹰明白，要从猎人的职业转变到自己希望的方面来，需要比一个猎人的体力和勇敢多得多的东西。至于说到他的文学尝试，他懂得，处于他那种情况，就连天使也需要救生圈的。

是的，他在幻想建立一座空中城堡。

森林生活培养了他钢铁般的意志。灰猫头鹰懂得，一个人如果能全心全意、诚心诚意地把力量用来做什么的话，那么他一定会达到任何目的。他在自己的一生中，不下百次地见到过这样的事例。

不过，如果他现在把自己提出的任务看作是在水上行走，那又会怎样呢？

暴风雪在呼啸，但是，在灰猫头鹰的内心里却感到大自然的狂暴使他振作了起来，使他产生了一种类似大自然的胜利，类似自然力的疯狂的情感。他继续前行着，他的心灵和这种野性的疯狂相结合，感到没有什么东西是他不能战胜的。

灰猫头鹰在暴风雪中滑着雪，在风雪的呼啸声中，他陶醉了，以至尽情地唱起歌来；他还大声呼喊着，像动物一样嚎叫着……

后来，他回忆起这一生中关键的时刻，写道：

"不过，只要你仔细地想一想，虽然我大喊大叫，并把这视为艺术和经历，可我哪里明白，我连一片飞舞的雪花都留不住。"

在暴风雪最猛烈的时候，灰猫头鹰回到了家里。在小屋里，阿娜哈里奥将一些装糖的口袋剪开来，洗过后，缝上浅颜色的毛花边，做成窗帘，使整个小屋子有一种舒适的感觉。

正如阿娜哈里奥所讲的，两只海狸特别是玛克·折尼斯，感觉到了灰猫头鹰不在家，因为在灰猫头鹰离开后，它们曾经找过什么，在门旁转了好半天，由下往上瞧那扇门。灰猫头鹰进来时，它们谁也没露面，但却透过"城堡"的观察孔把鼻子伸了出来，显然它们在努力判断，进来的人是谁。一旦弄清楚后，就立即爬出来，在他身边跳来跳去。玛克·折尼斯一再往灰猫头鹰身上猛扑，灰猫头鹰蹲下身来，喂它们糖果吃，这是专门为应付这种场合而准备的。两只海狸大声地吧嗒吧嗒地吃着。

之后，灰猫头鹰拿出了他买来的一点点东西，这些东西是善良的店主人为即将来临的圣诞节而劝他买的。过去，灰猫头鹰总是忙于在森林里打猎，搞不清具体的日期，因此他常常错过圣诞节。也许，是由于某种不想伤害动物的感伤情绪，使他内心里并不想过节。但是，他现在是有家的人了，

又生活在大家都过圣诞节的国家里，因此他这次决定不落在别人之后，也按自己的方式庆祝节日。

灰猫头鹰很顺利地刨出几块干雪松板，在上面画了一些印第安图画，像装饰画廊一样挂在窗旁。此外，两位森林隐居者在灯光照得到的地方装饰了一些他们部落的标记。他们还在地板上铺了两块鹿皮做的小地毯。由于担心海狸把它们当玩具来玩，又用钉子钉牢靠。但这也无济于事，海狸一看到这两块小地毯，就一大把一大把地揪地毯上的毛。灰猫头鹰还用捕来的鹰的羽毛做了一顶军用帽子，它是由羽毛、颜料和假项链做成的家什。他还用木头刻了一个战士的脸，在脸上画上了友好的标记，并给它戴上一顶帽子，以此来迎接客人。从桌子后面看，这个战士的样子很感人。房子里能看得见的地方都放了彩色蜡烛，房梁上挂着日本灯笼。这样布置之后，你若是从外面往里看，很可能会以为小屋里住着的印第安人是半野蛮、半笃信宗教的呢！

到圣诞节前夜，一切准备就绪。在装饰得漂亮一点的一面墙边，他们点起了蜡烛，在盘子里放上了苹果、桔子、核桃。

弄完这一切以后，阿娜哈里奥决定为海狸做一棵圣诞树。她拿起斧头，带上滑雪板出去了。灰猫头鹰则留在家里，照看一块烤在炉子上的正沙沙作响的鹿肉和在小店里买来的圣诞甜点心。

轻风摇曳着松树枝条，起初传来低低的呜呜声，之后风大了，变成了低沉的怒吼声。灰猫头鹰听到这声音，打开了窗子，正看到阿娜哈里奥，她也在专注地听这奇妙的松涛声。她说这雄壮的声音并不比圣诞钟声差多少。阿娜哈里奥弄回来一棵绝妙的圣诞树，把它插进地板缝里固定住，上面放上点燃的蜡烛，树枝上挂了一些海狸能够得到的东西：糖果、切成小块的苹果和各种好吃的东西。

海狸对于他们准备的这一切无动于衷，但树枝的气味却引起了它们的注意。它们仔细观察着，发现了挂着的糖果点心，于是很快弄断了一些小绳子，把一些糖果点心弄到地板上，津津有味地吃了起来。两位主人坐在桌旁，也吃着，瞧着他们收养的这两个小东西。小海狸很快就把挂在树上的所有糖果点心吃光了，主人们不得不又补上了一些，并挂得更高一点。最有意思的事情开始了，以至于主人们忘了吃自己面前的东西：两个小家伙后腿站直，用前面的爪子抓住礼物揪了下来，还互相偷对方最好吃的东西，用力的推搡着对方，有东西掉下来时，它们就滑稽地奔上去抢吃，生怕被对方抢走。它们激动地嘟哝着，尖声喊叫着。善良的主人又把一批一批的糖果点心挂起来，指着它们对海狸说：

"瞧，我们又找到什么了？"

两个小家伙开始把食物叼去储存起来，它们一会儿用两条前腿夹着礼物弄走，一会儿用牙齿咬着礼物拖走。所有食物都运光了，分光了，再也没什么可运的时候，精明而又节俭的玛克·折恩姬使劲推翻了圣诞树，用力拉它，好像要把这不断提供丰富食物的树藏起来似的。这种事是那么逗人开心，仿佛海狸也在以自己的方式庆祝圣诞节似的。它们似乎

也感到非常幸福，弄得主人十分愉快。海狸感到幸福，阿娜哈里奥感到幸福，大家都感到幸福，灰猫头鹰很是高兴。

吃饱了，喝足了，弄得疲倦了的小家伙们，走到隔板那边，肚子胀得鼓鼓的，倒在一大堆圣诞礼物中睡去了。它们走后，四周一片寂静和沉默，穿着五颜六色服装的那位战士，严肃地从戴着的帽子下面看着它们。灰猫头鹰拿出一瓶珍藏多年的红酒，开始为这些熟睡的海狸干杯，为湖那边的海狸干杯，为这戴羽毛帽子的印第安人干杯，为生产这么好的酒的法国人干杯。夫妻俩又彼此为健康干杯。他们觉得，在全魁北克，从未有过这么快乐的圣诞节，即使不是全魁北克，在这个湖区无论如何也是最快乐的圣诞节了。

幸　福

　　哪一个有理智的人会把自己的命运同那篇在森林里创作的、寄往伦敦的小说连在一起呢？有谁会在寄走了小说才一个月就去城里找汇款单领稿费呢？

　　可是灰猫头鹰去了。为可靠起见，还带上了阿娜哈里奥。真想不到，当他们向邮局询问汇款单情况时，汇款单已经到了。

　　在单独一个信封里，还盛情地寄来了一份杂志，上面刊登着灰猫头鹰的那篇随笔，文字几乎被缩减到原文的 1/4，插图只从原来的 50 张中选了 5 张。

　　灰猫头鹰和阿娜哈里奥翻开这本看起来很不一般的杂志，找到目录上所指定的那一页，突然看到了他在那艰苦的环境中所产生的词汇，里面竟描写了他们亲手建成的房子，海狸的水坝，玛克·折尼斯和玛克·折恩姬……

　　真是不可思议！这是真的吗？

　　阿娜哈里奥扑过来夺下灰猫头鹰手中的杂志，紧紧抓住它。这一切全是真的，就像他们身边的事那样真实，不过他们仍然觉得奇怪。

　　"可能吗？"

　　灰猫头鹰同样与阿娜哈里奥争夺那本杂志。

　　杂志就这样被他们争来夺去，最后，灰猫头鹰毫不谦让

地从阿娜哈里奥手里把杂志夺过来，非常激动地看着这淡粉色的纸页，认为稿费可以偿还在杜莱依奇借的全部债务了。

但是，汇款单上的钱太少了！编辑给他写了一封语气很客气的信，请他再写些类似的作品来。灰猫头鹰从心里感到这一切真是不可思议，甚至可以说有些庄严，但却不是任何不必要的重要仪式上和忙乱中产生的那种庄严感。他在黑暗中迈出了第一步，但这一步迈得很准确。

"怎么会这样呢？"他想，"要知道，我在这次写作中没有任何计划，如果说到在林子里捕毛皮兽的操劳，却完全不是这种劳动。那是在自己灰心丧气的艰难时刻，进行一些不值一提的、闲散而又愉快的消遣。从这样一些琐事中，怎么居然升起了新生活的耀眼的曙光呢？"

在写回信接受建议之前，灰猫头鹰晕乎乎地走出小旅馆，给自己买了一支黄色的粗杆"永恒"牌钢笔、一些墨水和许多纸张，给阿娜哈里奥买了一个新的"小型手提相机"。那位善良的小店老板（森林居民们都习惯地把他看成极好的庇护者）听到了这个令人高兴的消息，轻轻拍了拍灰猫头鹰的肩膀，以法国人的习惯真诚地祝贺他，说他当然会永远相信这样的事情。不过说真格的，凭着这种绝对的信任，他说不定会相信灰猫头鹰将来能登上埃及王位呢。

牙齿的法则

在回来的 60 千米的路程中，灰猫头鹰和阿娜哈里奥在白雪皑皑的森林中行走着，由于蜂拥而来的幸福感受，他们已经不顾在森林里行走必须保持肃静的严格规定了，他们甚至不像平时那样一前一后行走，而是并排地走着，并且一直在说着话，讨论如何驯养那些在别列卓夫湖侥幸逃脱的海狸们的计划，如何给他们的两只海狸造一个类似海狸房子的东西。那些麝鼠、松鼠和幼鹿也应改善一下环境，让它们在与人的交往中变得更好。要是在哪儿能找到驼鹿就好了。要是能把小屋扩大一些，增添些新房间，让那些长角的、长毛皮的、长羽毛的朋友们都能住进来就好了。灰猫头鹰要把这些事情都写出来，阿娜哈里奥则用那架"柯达"相机拍些照片作为插图。既然他们身边已经有了驯服了的海狸，在湖上还有野生的海狸，有各种各样的驯服了的动物，而最幸运的是他的随笔已经问世，并且得了稿费，那么为什么不能像现在所希望的那样进一步加以完善呢？要知道，这里并没有那些北美毛皮商人来入侵和妨碍实施海狸族安置计划。驯养的和野生的海狸将混居在一起，繁殖起来，占满整个水塘，并慢慢地让它们到附近空荡的小河里去定居。现在，伐木工人管灰猫头鹰的营地叫做"玛克·折尼斯宫"，到那时它就要成了海狸文化中心，渐渐地成为一个遐迩闻名的地方了。

就这样，人在走运时，他的心胸也变得宽阔起来，他这时就更希望自己一切顺利了。

虽然这两位森林居民离开自己的小屋已经有五个晚上，但是他们仍然很放心。天气不那么冷了，海狸不会冻伤的，也不会给主人闯祸的，因为桌子腿、床腿、脸盆架现在都用炉管子保护起来了，其他东西也都摞起来，紧紧地包扎好放在架子上了。

他们心里没有任何不祥的预感。但走到离营地几里远的地方，他们发现雪地上有人滑过的奇怪的痕迹，一直沿着他们走的这条路延伸着。三月正是解冻天气，但留下的痕迹却冻住了，所以很容易辨认。不过发现这些痕迹时，天已经黑下来了，弄不清是怎么回事，他们只能胡乱猜疑着。

在这人烟稀少的地方，人们当然总是很小心的，他们就像离群索居的鲁滨孙，发现有人的脚印自然要倍感不安。他们做出各种猜测，当然，同时尽可能快地向前滑行。

他们首先想到的是，有某个伐木工人来看海狸了，但这个推测马上被否定，脚印不是从那个方向来的。这个人滑雪时，不是像白人那样叉开滑行，而是像印第安人那样，一只滑雪板踩着另一只滑雪板的轨迹滑行。小房子终于在眼前了，那儿竟然亮着灯！而当主人不安地打开门时，达维特·别雷依·卡米正咧着嘴笑着，张开双臂出现在他们面前！这位淘金的老人终于如愿地来到了他亲爱的朋友身边。

这是一次多么奇妙的会面啊！灰猫头鹰想不到一生中有哪一天能像今天这样高兴。看来，这位有名的弹无虚发的猎

手还安然无恙。在打猎生活中，达维特总是有好运气碰到驼鹿。整整一个冬天，他都在新布隆斯维克打毛皮动物，并且找到了一批海狸，因而发了大财。

他们坐下来吃晚饭。吃饭时谈起了许多事情，这时，灰猫头鹰和阿娜哈里奥发现玛克·折恩姬和玛克·折尼斯没有露面，便招呼它们。隔板那边传来了模模糊糊的声音，毫无疑问，它们就在那儿，但为什么不出来呢？

为什么？达维特望着阿娜哈里奥，像灰猫头鹰平时那样狡猾地眨眨眼睛。

"我想，"他呲牙咧嘴地说，"它们正在那儿干活呢，但我也不是空手来你们这儿的，我给你们带来了一件礼物。"

他走到隔板前，接连拖出两只成年海狸，还是湿淋淋的，并且……已经死了。

阿娜哈里奥正在擦着的一把勺子掉到了地板上，发出轻微的碰撞声。灰猫头鹰拿出烟袋，小炉子里发出噼噼啪啪的声音，听起来像是爆炸一样。房里霎时一片静寂。

阿娜哈里奥拾起勺子，放到盘子里。在这段仿佛很漫长的时间里，灰猫头鹰感到达维特原来是另外一种人。

"谢谢你，达维特。"他回答着。

他还想说些什么，但喉咙里突然觉得特别干燥，他平静下来后，问道：

"其他几只海狸在哪儿？"

"那儿还有捕兽器呢！"达维特回答说。

灰猫头鹰点燃了灯笼，说道：

"朋友，我们去看看它们。"

达维特感觉到有什么不妥的地方，走出小屋后，问道：

"怎么回事，阿尔奇？好像我做错了什么事……告诉我，是怎么回事？"

"怎么回事？"灰猫头鹰回答，"你放心，完全不是那么回事。"

灰猫头鹰举起灯笼，看了看他的脸，同时，却把自己的脸背了过去。

"我们一个冬天，"他平静地说，"都不走运……就这样，真的没有什么，别在意。"

在海狸窝里，他们拖出了5个捕兽器，两只小海狸被捉住了。达维特真的是一个最出色的猎人。

"喏，现在我们把所有的都捉住了。"他犹豫地说。

然后又补充说道：

"这里就这几只了。"

"是的，"灰猫头鹰表示同意，"这里就这几只了。"

在星光下，他俯身看了看两只放在冰上的死去的小海狸，在它们旁边是空落冷寂的窝，但有什么办法，牙齿的法则显然高于一切，一切理想都破灭了。

最后的喊声

第二天，灰猫头鹰非常难过地剥下海狸的皮，给了达维特，把剩下的残体弄到湖边，埋在了海狸窝附近的冰层下面。他像往常一样，低声做了虔诚的祈祷。

雪开始融化了，达维特建议到杜莱依奇湖区去开辟新营地，大家一致同意，是该搬家了。现在留在这里已没有什么意义了，像松鸦、麝鼠和幼鹿这样的朋友，到处都能找到，没有人它们也能继续活下去，不会有任何闪失。那位老人做了一个小雪橇，在一天的黎明时分，装上了所有的家什、用作海狸窝的小桶和受到重用的炉子。

一切准备就绪，阿娜哈里奥来到湖区下游的岸边用泥浆做的小窝旁，最后一次喂了麝鼠。这时，几只松鸦飞到灰猫头鹰手上，松鼠在他脚下窜来窜去，从他手里拿到最后的礼物。然后，他们告别了戴着羽毛帽子的战士、"玛克·折尼斯官"、沉默的松树林，告别了周围的一切，向如今已经空空如也的小房子看了看……

达维特这时才看出了朋友们脸上的忧郁表情，他在路上说，他猜想发生了什么不妥当的事情。之后他沉默不语，再不提这事了，只是不知为什么在雪橇上做了一个记号，画了一个他自己的幸运动物——鸭子的标记，并在砍痕里塞进一块咀嚼过的压紧的烟草，说了几句别人听不懂的古怪的话。

装海狸的小桶放在大车的最上面，当车子行驶到没有水的小河岸上时，玛克·折尼斯不错过机会，从小桶上面飞快地跑到小河里。于是，寻找它的活动减轻了一点旅途的郁闷。队伍翻过了一座又一座山丘，艰难地向着杜莱依奇湖区深处行进。

这是一段折磨人的路程，费劲地走了四天。他们多半是在晚上滑行，因为那时雪面上结的冰层能经得住滑雪板。有好几次，运小桶的平底雪橇翻了过来，"乘客"都翻到雪地里去了。它们并不喜欢这种震动，很快又爬回小桶里。往小桶爬去时，为谁先谁后的问题"争吵"了一番。它们乘雪橇走呀走呀，如果不知为什么停下来了，小窗上的盖子马上就会掉下来，两个长着黑眼的褐色小东西就会很不满意地向外张望。如果它们的无声请求没有结果，雪橇仍在原地不动，它们就会焦躁不安，发起牢骚来。灰猫头鹰本人也是这个样子，总想往前走，因此能体谅海狸此刻的心情。但是，达维特却另有看法，他认为，这些吃"公粮"的"免费"乘客，要是能稍稍忍耐些、安静些就好了。当旅行者们上了大路，碰到了"公司"的马车时，一切不愉快的事都没有了。在这个地方，很少有马车碰到旅行者而不让上车的。不仅如此，一个

"公司"的服务人员了解到猎人们打算住帐篷，就提供杜莱依奇湖上的一个舒适的小房子给他们住。这个被叫做"中途"的营地，让猎人们住到继续赶路时为止。

这样，也使海狸们得到了自由。它们每到夜里都去"研究"当地的水情，白天则在距巴克诺9千米远的营地睡觉。住在这里非常愉快，因为这儿有许多居民。要是没有别列卓夫湖上发生的悲剧的话，那就更好了。过了一段时间，灰猫头鹰恢复了精力，又重新沉浸在保护海狸族的热情里。他甚至写了第二篇随笔，不过，他怀疑能否被杂志社采用，他觉得，他用新买来的"永恒"牌钢笔写出来的这篇东西，稍稍有些忧郁色彩。

这时他觉得，必须加紧保护海狸，因为这一地区密密麻麻地住了好多人了，有各色的流浪者和木材运送工。他们相互往来，形成一个活跃的社会团体。但是有一次，法语也说得流利的达维特暗中偷听到人们谈起海狸的只言片语，说明有进一步加紧保护海狸的必要。三个人依次在四周巡逻，不放过有关海狸的任何信息。看护海狸倒不是很难的，海狸总是常常弄出声音来。他们现在关心的是，在离营地不远的地方造一个小巧的、有意思的"海狸宫"，那儿的岸边已经没有积雪了，水露了出来。海狸啃断并弄倒了几棵小杨树和小柳树，随时都能听到它们的叫喊声、打架声和争吵声。天亮前，它们用爪子挠门，让人开门放它们进屋，然后，爬到主人的被子里睡觉。大约中午的时候，它们醒来了，等不及吃东西，就又匆匆忙忙地干起它们的"伟大的建设事业"来。

不久，这儿来了一位老人，他在这个湖区捕了多年的麝鼠，他有打猎的权利，并且由他决定一切。他的出现对海狸构成了威胁，没有别的办法，必须尽快离开此地。达维特去了卡巴诺，想凭借自己的法语，在那儿找份工作。而灰猫头鹰和阿娜哈里奥把海狸叫到一起，放到小桶里，所有的东西都放到一辆顺路的马车上，搬到了一个路旁的小湖边。这样，离城市更近了。在几棵大榆树下安下了营地，海狸们在池塘对面的一个水坝上的海狸窝里玩上了。对它们来说，这虽然是一个旧窝，但这里有大量的水和食物，在灰猫头鹰没有给海狸找到一个固定的居住地点时，它们在这儿的生活条件还是很不错的。

安置好了营地之后，灰猫头鹰和阿娜哈里奥来到湖边召唤海狸。海狸听到这熟悉的召唤之后，竞相跑来，异常兴奋地表示着亲热，它们蹦跳着，嘟哝着，毫无疑问，它们想用某种方式告诉它们的朋友们，它们因为找到了海狸"城堡"而特别高兴。它们匆忙地吃了一点糖后，又扑到自己的"新居"那儿，感到非常幸福。要知道，它们在人的监护下，过着小动物的生活已经快一年了。而现在则不同了，它们完全长大了，将要完全自由了，将会很高兴地在新的地方做自己感兴趣的事了，但它们仍旧没有忘记人们，只要一声召唤，就马上过来，向老朋友表达自己的高兴心情。

一天晚上，海狸回到营地，挠了一会儿痒，又长时间地大声叫喊着，然后走出营帐，像早先那样在帐篷周围转了几圈，要知道，它们在帐篷里生活了半生啊。它们闻遍了那只

造成了多次意外事件的炉子：玛克·折尼斯烫伤过自己的鼻子，玛克·折恩姬在往外拖饼时，弄翻了装食物的箱子。它们还偷吃过许多饼，总觉得像在自己家里一样，觉得手段高明。之后，又特别温柔地跟主人亲热起来，甚至令他们想起在别列卓夫湖畔的遥远的日子。主人回忆起在旧帐篷里生着旺旺的炉火，看着坐在火光里的那两个小朋友的那些个夜晚，真是快乐极了。

海狸还在帐篷里睡了一会儿。总的来说，在它们对人的态度上，没有任何理由让人想到会有什么变化。它们休息过后，又到湖里去了。

像平常那样，人们把它们送到湖边，心里真希望它们还是小时候那个样子。

灰猫头鹰和阿娜哈里奥站在岸上，看着两只海狸向它们的小窝游去时水面上的浪纹。两条水浪清晰地分开，渐渐消失在黑暗中。在星光下，又看到了海狸翻起的银色浪花，它们向岸边游去，随即消失了。回复主人召唤的是一声长而响亮的声音，然后，又有另一个声音回应了一次，两种声音汇合在一起，回声在山丘那边回响着，越来越小，越来越小，最后，一切都静息了。

突然，黑暗中传来一声长长的类似哭喊的声音。这是灰猫头鹰和阿娜哈里奥听到的海狸发出的最后的一声喊叫了。

当然，他们并没有马上意识到失去了心爱的动物。第二天晚上，光洁如镜的湖面上泛着涟漪，而他们的召唤却没得到往常那样的热烈的回应。第二夜又过去了，第三夜、第四

夜也过去了，水面上再没有传来声响和快乐的"絮语"，那熟悉的褐色小身影也再没从水里浮现。雨水冲净了它们的痕迹。它们吃的糖果放在那儿再没动过。在"中途"营地里，海狸的小房子倒塌了，它们没盖完的"小建筑"被人踩坏了，很快又被拆除了。它们什么东西也没留下来。

春汛之后，两只海狸该去小河口子，也许已经回家了？

他们沿河而上走到源头，陷进被河流分开的积雪中，之后又向下走到河口。他们蹲在折断了的滑雪板上，在融化了的雪地上挖着，不断地呼唤着海狸……他们跑遍了周围的地方，一步步察看杜莱依奇湖区的所有河岸，察看了每一条小溪。他们不放过任何寻找的机会。他们仔细地听每一声枪响，侦察着，各处检查所有人留下的足迹。一切办法都用上了！他们只找到了一只还没来得及被偷猎者剥去皮的死鹿。虽然只有一年的时间，但到处都有捕兽器！不，海狸未必能到达河口。像其他被驯服的动物一样，它们没有丧失对人的信任，因此，任何人只要用一根小木棍就可以轻易地把这两个多情的小动物打死。

周围的人在谈起这件事时，都持冷漠的态度。有人说，海狸一定被打死了，另一些人说，它们应该还活着，应该找得到它们。当然，有希望得去找，没希望也得去找……

附近的地方都找遍了，剩下的只有乘独木船扩大范围去找了，但独木船却放在离此地 60 千米远的地方。怎么办呢？还是得找下去！他们出发了，三天后又从那儿乘着独木船返回来。在路上他们看到了安置过营地的地方：在那河岸上，还立着安帐篷用的竹竿，旁边给海狸做的栏杆，还完好无损。他们默默地驶过那块海狸几乎和炉子一起被淹没的地方。他们在杰米斯卡乌阿达河岸上过了一夜。第二天，又重新开始寻找。他们又在附近地区走了许多天，几乎不吃东西，觉也睡不安稳，甚至伤心得睡不着。通常，一传来某种消息，他们也要赶很远的路去看，即使只是为了看一看小家伙的毛皮：玛克·折尼斯有一个被烧坏的鼻子和白头发，玛克·折恩姬是漆黑的头发。哪里有海狸他们都去看，每一次只要发现不是自己的海狸的皮就感到高兴。他们详细地询问到森林里来的人，跟踪一些人，甚至搜查一两个人。寻找是忧伤而默默地进行的。他们总是带着武器出去，因而惹来了许多敌人。哪怕发现一道滑雪的印痕，他们也会动起脑筋来，但查明情况之后，又陷入沮丧之中。由于极度疲劳，睡眠又不足，他们的眼前常出现朦胧、模糊的影像，这种虚幻的画面又常常促使他们进行新的寻找。

阿娜哈里奥变得消瘦、苍白了，脸颊和眼睛都凹下去了，像是饥饿得实在不行了似的。有一天她说：

"我现在多想知道，我们错在哪儿了？"

另一次她又说：

"随便发生什么事都行，就是别发生这样的事。"

她还说：

"我们还以为它们会永远和我们在一起呢……"

后来又说：

"它们曾经爱过我们啊！"

　　灰猫头鹰和阿娜哈里奥好长时间还抱着希望，后来，就完全失望了。每到晚上，他们坐在那不幸营地的榆树下的黑暗中，等待着，观察着，仔细听着是否有那种让人永远也忘不了的、见到人时像问候似的叫喊声和艰难举步的跺脚声。他们一直在等待着，等待着已经不在了的、不能再回复了的生命。周围除了一棵棵树木外，什么也看不见，除了潺潺的溪水声外，什么也听不到。渐渐地树木绿了，甚至海狸住的小窝上也长起了青草。池塘的水退了，变成了沼泽地，只剩下一条小溪，慢慢地沿着河底流淌着。

　　终于，一切都结束了，希望的泉水干涸了。除了湖边上留下一个空空的小桶外，海狸什么也没留下。而且，小桶也渐渐散碎了，变成了一堆木块和扯碎了的桶环。

第二部 海狸女王

金沙矿

　　那些目睹过海狸不幸遭遇的法国人，怎么也理解不了印第安人对待大自然的态度和对两个小动物的忘我友情。他们像看待怪物、看待多神教的残迹一样看待这两位印第安人，就连多次听到过这种议论的灰猫头鹰也同意，他对原始自然的崇拜很可能是头脑中的多神教思想残余在作怪。但这又怎么样呢？如果这种越来越强烈的感情能使人采取比过去更有益的行动，这又有什么不好呢？在两个小家伙失踪之后，他总想补偿这一损失，让它们能活在许多人的心目中，用这两个小家伙的形象去唤醒有可能保护海狸族的人。

　　在找寻这两个小家伙的艰苦日子里，灰猫头鹰身上留下的榴霰弹的旧伤使他心烦意乱。达维特·别雷依·卡米

129

看出他朋友的艰难处境后，扔下了新的工作，跑来帮助他。他似乎想到了什么，于是也默默地坐在曾经放过小桶的湖岸上，观察着。他摇摇头，对着阿娜哈里奥微笑着，他以前几乎从来没有这样笑过。

"你知道，"他说，"我好像也想看到海狸在我身边。"

在离这儿40千米的萨哈拉戈罗瓦丘陵上有几只海狸。他知道后，就想去捉来，好让两位朋友身边再有海狸相伴。阿娜哈里奥听说后，也想去那儿帮达维特一同捉海狸。他们很快就收拾行装出发了。当真在萨哈拉戈罗瓦找到了海狸，在那儿一窝里有四只小海狸，但老人只捉了两只，因为要是捉了海狸妈妈的话，它会痛苦地死去的。

阿娜哈里奥将小海狸装在袋子里，一路上背着。小海狸们惊恐不安，处于半饥饿状态，蜷缩成两个小团，简直可以放在半升的桶里，每一只的重量不超过100克。它们是那么弱小，生命在那渺小的身体里只剩一丝亮光。

为了让小海狸们能站立起来，达维特又呆了两个星期。但用尽了办法，那只名叫萨哈拉戈罗瓦的雄性小海狸还是适应不了新环境，死去了，雌海狸的情况也不妙：它不吃面包，也不喝炼乳，只是躺在那儿，头靠在箱子角上。当地居民虽然不理解印第安人对动物的喜爱之情和对大自然的态度，但他们仍然是喜欢这一切，同情并想方设法来帮助印第安人。四面八方的人们都来关心这只生病的小海狸——即使是人，也未必都能得到这么多的关注。一位妇女跑来喂给它牛奶，两位医生——城里只有这两位医生——赶来给它治病，并建议喂它吃掺水的牛奶，这样就接近海狸奶了。来照顾海狸的还有一个爱尔兰妇女，她每隔两个小时，就用一只玻璃喷嘴喂它一次奶。

一对受人尊敬的夫妇决心把喂奶的工作干到底：他们一个抱住海狸，另一个喂它奶吃。这样三四次之后，小海狸开始硬朗些了。过了两天，就完全康复了，并且滋生出一些勇敢独立的性格特征，正是这样一些性格特征使得它后来成为北美最有名的野生动物之一。

这只小海狸取名为杰里·罗尔。它以后成了银幕上的明星，社会上的一号宠儿，海狸群体的女王。它是渥太华政府会议上提到过的一个角色。它生下来后的那些少许阴暗的日子，算是它生平的早期记录。

杰里·罗尔康复后，灰猫头鹰把营地搬到了玛克·折尼斯和玛克·折恩姬曾最后一次游过的杰米斯卡乌阿达湖区接近小河口的地方。两位印第安人仍没有最终放弃它们还会回来的希望，他们觉得，如果有一天它们回来了，一定很快赶到这儿。这时，杰里·罗尔正在小河附近平静的河湾里愉快地玩着，它在浅滩上挖一个小洞，用小木棍造一个可笑的建筑物或者沿着通往帐篷的小路随心所欲地跑上跑下。它长得很快，刚刚强健起来，就开始拖杂志、蔬菜、木柴和凡能吸引它变化无常的注意力的一切东西。这些行为渐渐地显露出其独特的个性，是为迎接生活中可能出现的意外而做的一种准备。它怎么也不愿在帐篷里生活，更喜欢在下游小池塘里它自己造的四五个窝里居住。

灰猫头鹰

它本能地表现出对人的依恋，这种感情常常来得猛烈而突然，除此之外，它就没什么地方像自己的前辈了。它很早就失去了同伴，这一创伤对它来说，不知不觉就淡忘了。玛克·折尼斯和玛克·折恩姬最具特色的是对人的依赖性，而杰里·罗尔却相反，认为人和他们的财产都是它所拥有的那个自然环境的一部分。

印第安人对动物的忠诚和他们对大自然的伟大感情，对城市居民显然产生了越来越强烈的影响。城市居民对森林居民的好感在增长。他们虽然在宗教、语言和肤色上有所不同，但最终还是友好地承认这两位印第安人为他们的城市公民。每逢节日，就有一伙人来到印第安人居住的河岸这边来，在小白桦树林中野餐。杰里总是注意观察着每一个人，他们相互认识的方式至今仍保存在它的记忆里。研究完这些客人后，它从不对其中一个人表示特别的好感，就带着这样蔑视的神态离开人群，使大家笑得前仰后合，有的人可能因此感到心情轻松。这些来客中，有时也有非常尊贵的客人，例如，有这么一个特别能洞察人的本性的语言专家对灰猫头鹰的生活非常感兴趣，很专注地研究他，表现出充分的善意。

起初，灰猫头鹰和阿娜哈里奥在客人面前还有些拘谨，但客人们的和气和关心很快使他们轻松起来。只有法国人能和印第安人这样和睦地相处，从第一批法国居民开始，一直延续至今，只有在法国人那儿，这些红皮肤的人才不感觉到自己是该被驱逐的人。并且，在这座卡巴诺小城中

家园的故事丛书

132

至今仍保存着天生就有的礼貌和对别人感情的本能的尊敬。小男孩们有礼貌地在穿鹿皮短上衣的人面前脱帽致意；小女孩们害羞地红着脸，向这战败种族的妇女问候。妇女们微笑着表示欢迎，男人们停下脚步，同他们友好地交谈。印第安人不常去逛城市，而每当他们逛城市回来，拿着重物路过时，人们会从人行道上走下来，给他们让路。而这一点儿也不是虚假、做作和客气。例如，城里着火了，火灭了后，为了帮助不幸的人，人们会倾尽所有。如果某个公民死了，在给他送葬时，城里其他的一切活动都停止，店主们也走上街头，脱帽以示哀悼；死去的人活着时的名声已经没有任何意义了，既然已经死了，那就别去说他了，或者只说他的好话。

在这沸腾的人类生活中平静的河湾里，忧郁过去了，人性格中的棱角被抚平了。我们的印第安人和白种人和睦相处了，忘记了自己是屈辱的种族的一员。达维特·别雷依·卡米开始常常逃工来帮助自己的朋友，而最终丢了工作，又不能马上找到其他的事来做。灰猫头鹰和阿娜哈里奥特别高兴地把他接到自己家里，与他分享自己的一切东西。

第二篇随笔的稿费寄来了。灰猫头鹰用它还清了账单上欠的账，帐篷里堆满了储备品，还添购了些日用的食品杂货。达维特在附近的林子和湖区弄了些鱼和肉。一个独立自主的小团体就这样形成了。如果不是经常想念北方，总是谈论着过去的事，谈论着对未来的打算的话，他们可

能会在这里无忧无虑地长久生活下去。

这里，有些生活资料还不能长久地使印第安人得到满足。灰猫头鹰关于建立海狸养殖场的计划也不可能实现。同时，达维特也急于去开发他的金沙矿藏。开发金矿的理想，也渐渐地占据了每一个人的心：达维特老人需要金子，以便日后过平静的日子；阿娜哈里奥也受到淘金狂潮的吸引；灰猫头鹰则需要资金来建立他的禁猎区。他们仔细地拟定了前去开采金沙矿的计划，所欠缺的只是资金。这时，已是七月份了，在秋季来临前就得考虑冬天的储备和三个人以后的开销了，考虑乘着满载货物的独木船以及还需陆地拖运 320 千米地的艰难旅行了。那个含金地带是属于达维特的。为了不空手走进淘金者的行列，灰猫头鹰决定去赚些钱，并开始留心地观察杰里的生活。很快，他用新的观点写了几篇描写野生自然界的短篇小说和一则长篇特写。灰猫头鹰凡是见到懂英语的人，就把这些作品念给他们听。据他们说，他们非常满意。

灰猫头鹰的这些听众中有一个善于在大庭广众中演讲的人。他说，他听到的这些作品很适合作演讲的材料。但灰猫头鹰不怎么会讲法语，而距离最近的讲英语的村子米吉斯——比丘别墅村在圣劳伦斯河的南岸，也离得比较远。但灰猫头鹰想尝试一下那种幸福，他特别想与别人分享自己的经验。灰猫头鹰稍作思考后，把家什交给达维特，和阿娜哈里奥一起，把杰里·罗尔、干粮、营帐装备装上箱子，上了开往米吉斯——比丘的火车。

当这两位印第安人到达目的地时，钱袋只剩下 1 美元 69 美分了。而要作演讲，得有一些开支，例如，写通知，给举办者报酬等。但在摆脱资金的困境之前，他们还须克服一些意想不到的障碍，必须取得许可才能安置营帐。他们幸好遇到了一位法国人，他允许他们在他的私人土地上安营，这个困难才得以解决。但马上又碰到了令人扫兴的、难以忍受的新困难：原来，要举办演讲，必须先进行一番自我吹嘘！灰猫头鹰和阿娜哈里奥听说这事后，蔫巴了，就像两只软体虫掉进了盐盘子一样！演讲是一回事，而去作庸俗的自我吹嘘，这可完全是另一回事了，于是，他们又愁眉不展了。习惯了在大面积水域里活动的杰里，在箱子里暴怒着，不断地喊叫着。

他们在这样懊恼的心情下度过了两周，想起演讲的事就心烦意乱。他们试着向人们解释清楚，却令人扫兴。灰猫头鹰和阿娜哈里奥呆在狂暴的大西洋岸边的帐篷里，身体消瘦起来。杰里由于渴望到水里去游泳，也瘦了。但是把小海狸放到咸的海水里去是危险的。达维特写信来，说他们的事大有希望。可他们现在的情况是，一切储备都快用完了。他们也想给善良的卡巴诺店主人拍封电报，让他像答应过的那样寄些钱来，以便解决燃眉之急，待回去后再还。但是灰猫头鹰克服了畏难情绪，他跑到林子里，在那儿完成了近 5000 字的演讲稿。

这时，整个别墅村的人都知道了新来的这两位印第安人的意图。当地最早的居民之一、一个几乎掌管所有土地

的人，又拨给他们一块带一个小水塘的地方做营地。在这里，杰里·罗尔又开始过上了快乐的日子。这时，一位像是村里人的妇女对灰猫头鹰的计划很感兴趣。她读完了他的稿子，盛赞他的思想和感情，毅然决定帮助实现这有趣的意图。她亲自担任演讲活动的秘书、主办者和财务主任；她的小儿子们和朋友们帮助售票；她本人——原来她在这些事情上很在行——还画了许多宣传画，确定了演讲的日期，地点安排在一个舞厅里。此外，这位善良的妇女还在演讲艺术上给灰猫头鹰提出了一些宝贵的建议。

预定的那个晚上到了。灰猫头鹰和阿娜哈里奥穿过一条黑色的通道，谦恭地相继走进一幢大楼。他们坐在后面一个房间里，等着召唤。他们心里非常惦记杰里：它可别弄翻了帐篷里的牛奶，开来开去的汽车可别压着它。灰猫头鹰想象着他的演讲，他觉得，真愿意和处在车轮底下的杰里换一下位置。终于，有人在叫演讲者了，灰猫头鹰认为，到那个执行判决似的房子里去的这一行为，是他一生中最勇敢的行为之一。阿娜哈里奥紧随着他，在精神上支持他。虽然就实质来讲，这就像一个盲人后面跟着另一个盲人一样，都是很茫然的。

灰猫头鹰面对着几百张密密麻麻的面孔，这时用他自己的话说，他真像是一条吞了冰溜的蛇一样感到浑身打寒战。

但有人很快给他解了围。他的"庇护者"首先发言，虽然是简短的几句话，却是一个很不错的前言。大家向她

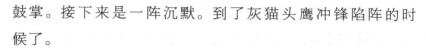

鼓掌。接下来是一阵沉默。到了灰猫头鹰冲锋陷阵的时候了。

灰猫头鹰后来这样描写他一生中的这个关键时刻：

"我把目光停留在第一排的一张善良的面孔上，突然明白我该说些什么了。我听到窃窃的耳语。人们你看着我，我看着你，点着头，看来都很感兴趣。于是我感到有信心了。我沉迷于所讲的事情里，并且一直讲到底。片刻停顿之后，接着是一片掌声，震耳欲聋的、经久不息的掌声。我的头都晕了：这是给我们的掌声！一位上校站了起来，讲了一席高度评价的话，他还说什么——我简直不敢相信自己的耳朵——这不是演讲，这是一部史诗。又是一阵掌声。之后，所有的人都挤到我们身边，争着和我们握手，祝贺我们。

接着又进行了几场演讲。人们还邀请灰猫头鹰到别的礼堂、旅馆去做演讲。演讲的时候，阿娜哈里奥总是站在他身边。她沉重地忍受着命运的重压：需要有多大的勇气才能克服窘迫感的折磨，而表现出平静、自然的神态呀！一些父母带着孩子，请求他们把住在森林里的印第安人的聪明才智传授给孩子们。灰猫头鹰没有拒绝这些天真的父母亲们的请求，也许从他的故事和建议中，孩子们会有所收获吧。阿娜哈里奥以女人的对待孩子们的热心态度做得也很成功。她讲述易洛魁民族的历史，讲述引人入胜的、从某种程度上说又是残酷的尼诺·伯周的故事。灰猫头鹰没有想到，某个年纪的孩子们特别喜欢听恐怖故事。他呢，

过多地讲述一些人对生活在森林里的最软弱的生命的亲情态度。毫无疑问，一些接受能力好些的孩子能理解他讲的内容。但是有一次孩子们现场提问，他在回答一个身材高大的 13 岁左右的小伙子提出的问题时，他完全手足无措了，小伙子问他：

"您杀过人吗？"

"没有！"灰猫头鹰有些畏缩地承认。他说"没有"的时候，就好像在这个小的疏忽中承认错误一样。

"您剥过死人的带头发的皮吗？"小伙子接着问。

"没有！"灰猫头鹰又重复着。

这小伙子久久地轻蔑地看着灰猫头鹰说：

"啊，你真是个傻瓜！"

这类的谈话，杰里也在场，它总要发出抗议声，这给枯燥的演讲带来不少生气。

无论怎么说，演讲还是赚了些钱，银行里开了账户。印第安人的营地旁总是围着一群孩子们，并且杰里也成了米吉斯——比丘最著名的角色。

在回家的路上，灰猫头鹰和阿娜哈里奥遇见了达维特，他们特别高兴。达维特吃惊得许久回不过神来，他简直不敢相信灰猫头鹰的奇遇是真的，但他还是相信银行账户和一个好心人给他们的两张到阿比吉比的车票。不只是达维特，就连灰猫头鹰和阿娜哈里奥本人也还没清楚地意识到：现在他们是自由人了，他们可以去实现梦寐以求的计划了，可以带着他的罗曼蒂克的梦、他的野性的自由和他的金子返回他那严寒而又自由的北方了。他们终于可以告别这个充满悲伤、痛苦回忆的、被糟踏了的地方以及这片受尽折磨而空寂的森林了。

剩下的时间不多了，还要走很远的路。于是第二天，淘金者们就收拾起营帐，向车站出发了。独木船和所有的家什都放到了行李车厢里，杰里则被装到一个带通风口的特别的箱子里进了乘客车厢。

灰猫头鹰坐在站台上等火车，望着杰米斯卡乌阿达，望着黑暗中平静而安详地守卫着杜莱依奇湖口的斯拉诺夫山。两个印第安人都知道对方在想什么，的确，他们的思想是一致的，他们在想，两个可爱的小生命，也许就生活在长满松树的花岗石山岩的后面。他们所有的亲切的故事都与这两个小生命连在一起。由于它们的缘故，阿娜哈里奥身上温柔的女性复苏了。由于它们，灰猫头鹰给自己打开了一条宽广的自由之路，而这种自由，他以前从未想过。现在灰猫头鹰觉得，要是坐在这些山岩那边，写点东西，寻找失去的朋友，等着它们回来，会比找金子好得多，他从不喜欢找金子的事。相反，作为淘金者的女儿的阿娜哈里奥，却全身心地努力来做这件事，但她望着这些山岩，想到那可爱的小动物也许就生活在那边，而她现在却为了金子而放弃寻找它们、等待它们的义务……

为了进一步了解他们，我们还需要回忆点什么，更清晰地想象一下这些森林人的生活，并把他们的生活跟所谓的现代人相比较。

灰 猫 头 鹰

"我走了。"阿娜哈里奥低声说。

灰猫头鹰一下子明白了她的意思。他拿起为旅行而精心包好的猎枪。

"你是对的,"他同意地说,"我们应该有一个人留在这儿,我留下吧。"

空气一下子变得轻松起来。

灰猫头鹰从来没有更改过自己的决定,况且,这决定是这样清晰:他是一个什么样的淘金者呀!而且,杰里也不喜欢乘火车,甚至会因这样的旅行而折磨死的。

于是,灰猫头鹰和杰里下了火车。他从行李里找出一个帐篷、一些粮食和他的一些私人用品,平静地对他的老情人——独木船说:"再见!"

当然,灰猫头鹰清楚地知道他亲爱的人们要出发了。达维特从火车里走到站台上,他的表情坚定而严肃,眼睛里充满了激动;印第安人是从不道别的。

"多关心她,老头!"灰猫头鹰说。

达维特67岁了……灰猫头鹰明白,阿娜哈里奥和他在一起,也许会比在他自己身边更好些。

"是的,一定。"达维特简短地回答。

"请大家坐好!"车上传来了命令。

达维特眨着双眼,紧紧握着灰猫头鹰的手,然后,追上渐渐开动的列车,喊道:

"我们一定带一口袋金子回来,等不了多久,我们就会在一起饮酒狂欢的!"

家园的故事丛书

火车开动了，远去了，远处传来喊声，就像远古时印第安人的喊叫一样：

"嘿……依……啊！"

火车很快在加足马力行驶，灰猫头鹰勉勉强强还能看到两个褐色的面孔、风中飘动的黑色的头发和挥动的双手。一切变得越来越模糊了，当火车转过弯，就什么都看不见了。灰猫头鹰把自己的行李放到一个带篷的大车上，一只手紧紧抱住杰里，沿着寂寞、肮脏的街道，向渡船走去，返回杜莱依奇湖。

和"女王"在一起的冬天

原来，适应完全孤独的生活并不是件容易的事。勇敢、忠诚又一同经受磨炼的阿娜哈里奥走了，而达维特的那双激动不安的眼睛，在告别时竟失去了自制，也许这是他一生中唯一的一次失去自制力，现在，连他也不在了！在痛苦的思念中，灰猫头鹰感到自己的那颗心是那样的赤裸裸、空虚、疲倦、饥饿又茫然若失。

印第安人对自己东西的依恋往往不低于对人的依恋。如今，他是 25 年来的第一次（除战时外）没有独木船相伴。他深切地感到，自己像在沙漠中突然间失去了马匹的骑手一样。那艘独木船成了他许多次漫长劳累的旅行中的忠实伴侣，在他看来，已是一个完全活生生的生命。的确，

能把它赠给达维特，他是很自豪的，而后者更以接受这样
的礼物而自豪。当灰猫头鹰最后一次触摸长久以来被船桨
磨损的船舷时，他就像船长看到自己心爱的船沉入浪涛中
那样感到不安。只有一件事是值得安慰的，那就是独木船
落到了一个配使用它的人手里，并且能用到刀刃上，阿娜
哈里奥的平安也全靠它了。并且，寻找幸福、实现虚荣的
愿望的她，也许会在严酷的现实中遇上难以料想的困难，
因此，还是需要这一助手的。他们到拉布拉多去了，风暴
和严寒的气候会吓垮其他人，只是吓不住像阿娜哈里奥这
样的人，在这一点上，灰猫头鹰是不必为她担心的。

　　但是，他本人却是一生中第一次感到这样的孤单。现
在只留下唯一的一个能令他快乐的伙伴——小海狸杰里了。
如果杰里感到孤独的话，那么，它是从不表现出来的。它
已不再是个幼兽了，它正向着自己的血统中优秀的方向发
展。它总是那么快乐，充满生气，它长着柔软的、黑亮的
皮毛，以前，阿娜哈里奥每天梳理它的皮毛时都感到那么
自豪。

　　无论心情如何，还是该为过冬做些准备了。经当地人
的指点，灰猫头鹰在斯拉诺夫山后 8 千米远的一个小湖岸
上，找到了一个建得坚固、保存完好的营地，林子里有一
条路通到那里。灰猫头鹰租了一辆大车搬运他的储备品，
他本人则步行到那儿。肩上背着装在袋子里的杰里，它的
"手"和头露在外面，它可以四处张望。

　　灰猫头鹰觉得，他现在已经远离了区分新旧生活的那

条界线，他在向前走，向着新生活走，而背后的这个爱尖叫的小东西就是见证。杰里嘟哝着，气愤地揪灰猫头鹰的头发。这时刻，他怎么也想不到，这个小笨蛋会渐渐成为一个了不起的角色，给它自己、也给灰猫头鹰创造名气。它一生中的最初五个月就这样在忙乱中度过了，乘火车，坐带篷的大车，装在各式各样的箱子里，从这儿运到那儿，像一个重要展品一样带到课堂上，它在马棚里度过了整整两天，在那儿为了让它游水，灰猫头鹰用一个盆子代替池塘，而取代小杨树枝的是油炸饼。因此，现在这个装在袋子里的小演员发了疯，揪着灰猫头鹰的头发，这是不难理

解的。没走多久，他们来到一个地势很高的又小又深的湖边。在这里，小杰里可以尽情地在水里打转，向深处钻。这里的黏土也适合玩耍，可以在岸上用黏土造一个窝，顶端甚至还有一个带"卧室"的深洞，那是一家同族留下的。杰里一生中还没有体验过这种幸福，开始它完全沉浸在狂喜中。它在距小河上游的房子800米远的洞里睡觉，但每到黄昏时分，它就出现在房子前，顽固地请求进屋子里来。夜里它也喜欢时不时地到主人这儿看一眼，好奇地查看主人在做什么。特别使它感兴趣的是一张它很容易就能爬上去的床，可它一离开，床就倒了。灰猫头鹰总是让房子的门半开着，早晨醒来时常常发现它睡在自己身边。

这时，灰猫头鹰又碰到了写作生涯中的新机会了。有一次，他见到一本体育杂志，里面全是讲述保护自然的事。当中有安大略的一位作者的一篇文章，灰猫头鹰当年读过他的作品。作者是一位理论家，借助别人的经验写文章，因此很多地方含混不清。灰猫头鹰读了这位作者文章中的错误东西后，马上回城里写了一篇文章，寄给这家曾是一个官方的机关杂志《加拿大森林协会》。这是灰猫头鹰第一次向故乡刊物投稿。

文章发表了，灰猫头鹰成了这家杂志的长期撰稿人，那家发表过灰猫头鹰两篇随笔和思念故乡的长信的英文杂志，也没有忘记他，他们建议灰猫头鹰写一本书。

"我接受了这个建议，"灰猫头鹰写道，"那时我对于怎样着手写书，几乎是一窍不通。我开始仔细考虑。我对写作技巧很无知，在我看来这是无法克服的困难。该怎样去描写这样的事，在其中我不仅是观察者，而且也是表演者。在描写的时候，怎样才能避免第一人称代词的频繁使用。我知道两种方法：用第三人称作者的冷冷语气和把代词'我'换成数量词'一个'，但在我看来，这是在玩弄词汇游戏……我决定不写个人自传，而写一系列北方生活随笔。在本书中，我也允许自己少量使用自然而清晰的'我'的人称形式。"

很多人建议灰猫头鹰卖掉杰里·罗尔。他不得不多次地向大家解释，即便没什么可卖的了，他也不会同自己心爱的动物分开，给多少钱，他也不会受诱惑。那些提建议的人中，有一个住在最近的诺特尔—达姆秋—拉客村。在他的邀请下——当然，并不打算卖掉杰里——灰猫头鹰去拜访了他。他看起来有些驼背，从事动物的训练工作，也多亏这工作他才能生存下来。他的住所有点儿像杂技场，那杂技场的主要演员是一些狗：有些狗能跳舞，有一只狗能在拉紧的铁丝上行走。还有一只体形硕大的熊，会摇动风琴的柄，还会骑三个轮子的自行车。这只熊还能把猎枪背在肩上，在听到枪声后，倒下，装死，按老板的指令再"活"过来。熊也好，狗也罢，它们会在留声机的伴奏下一起跳舞。为了看它们跳舞，这个驼背人也在动物间穿行，仿佛他也在和它们一起跳舞似的。驼背人比熊矮一些，因此，好像是在跟随熊跳一种奇怪的舞蹈一样。在昏暗的帐篷里，这些舞蹈使人产生某种可怕的印象。驼背人以"诺

特尔—达姆秋的驼子"的绰号远近闻名，在许多人看来，他的体形是相当可怕的。不过要是很了解他的话，就会发现他有着一颗极温柔、极善良的心。他说他是怀着善良和忍耐的心情来训练动物的，对此是不应怀疑的。最值得称道的是，他训练动物时那么从容、几乎听不到一点训斥声，因此，动物盲目地服从他就像是在自愿与他合作一样。这个人不久就死了。他临死前，最担心的事出现了：他的动物园被取消了，动物都四散走了，放回森林里的熊拒绝在森林里生活，无论怎么赶它都不行，在胆小的农民把它打死之前，它不断地返回它的老屋来。

这时，阿娜哈里奥终于来信了。如果灰猫头鹰不是感到孤独的话，那么那儿一切都很好。发出这封信的时候，阿娜哈里奥正准备乘载着重物的独木船到离铁路线 322 千米的北部奇巴乌嘎玛乌湖上去旅行。

信中阿娜哈里奥谈到在魁北克城的一次奇遇：达维特在无以数计的小酒馆里"失踪"了。阿娜哈里奥等了两天，不见他回来，她最后决定到各个酒馆里去找，去打听。她还到教堂里，到他可能去的各处打听，都没有他的踪影。后来她到警察局去问，仍一无所获。最后，她在火车站里找到了痛苦、饥饿的达维特。

原来，达维特逛了几家小酒馆，竟忘记了时间。他不知为什么觉得他误了火车，阿娜哈里奥抛下他乘火车走了。他带着这可怕的念头，冲向第一列停在那儿的火车。他没票，没钱，也没行装，就这样上了火车，走了差不多 100

千米路才发现方向错了。他明白乘错车后，从火车上跳了下来，迷迷糊糊地走回来了……灰猫头鹰读着这段故事吓得出了一身冷汗。他从信里还知道，他们现在进了森林，已经乘着小船，转危为安了，到了森林里达维特就如鱼得水了。

打猎的季节到了，森林里到处是猎人。灰猫头鹰的心情不安起来了，不得不在杰里活动的区域整夜采取保护措施，有时他还在洞边睡觉。他倒没想到人们会杀害他的杰里，但他想到了玛克·折恩姬和玛克·折尼斯的事件：杰里说不定还是会碰到某种凶险的。

在保护杰里的过程中，有一个猎人竟意外地做了一件好事，他作为当地的老住户，有权管理这一地段。为了把灰猫头鹰赶走，他把自己的独木船给了灰猫头鹰，并制定了地区规范。他给了这个"顺水推舟"的机会，保护海狸的事情就简单多了。

猎期过去了。森林里又没有人来了。灰猫头鹰和杰里各自都在准备过冬。小房子附近有条小水沟，水从湖里流出，穿过泥炭质的沼泽地。附近一些地方到处是卡累利阿白桦树，灰猫头鹰砍了一些作木柴。杰里看中了一个风景如画的地方，用黏土、树枝和皮毛"建"一个完好的"城堡"，里面有它用偷来的刨屑做成的一床非常好的、洁净的"被褥"，还有一个装吃的东西的小仓库。但它独个儿呆在那儿，也许并不总是很快乐，它常常顺流而下，更多的时间是在营地里度过。下雪的时候，它不敢过来，于是灰猫

头鹰就亲自去拜访它。它常常在灰猫头鹰还离得很远的时候，就能听出他的脚步声，便尖叫起来，全然是一种有意巴结的欢迎声，这样跑着迎上前来。

就这样，人和动物相互"拜访"，异乎寻常地亲热。有时，灰猫头鹰一连几个小时坐在那儿，看它忙活着，有时也动手帮它一下。当水面覆盖了一层冰时，对杰里的"拜访"停止了，灰猫头鹰常把它装在箱子里背在背上。显然，对这样的旅行它并不生气，在旅途中，它嘴不停地"讲话"，千方百计地延续话题。它在冰下秘密地开辟了一条回家的道路，总能顺利地到达"家里"。但灰猫头鹰总是手里拿着微型电灯，在岸上送它，一直把它送到肯定能安全到达时才回来。这路程有 800 多米，它采取的是在冰下长时间旅行的那种狡猾方式：它把鼻子插进麝鼠洞里，这样就能吸到许多空气并储存起来。

有一天晚上杰里走后，灰猫头鹰就睡觉了，第二天早上发现门大开着，它并排睡在他枕边，以后就再没离开他了，显然，它决定和主人一起过一个冬天。为了过冬，灰猫头鹰买了一个不大的镀锌桶，把它放在里面。他在一面墙下挖了一个洞，就把桶放在那儿。他作了长时间观察，认为这个桶最适合它了，只是"房子"本身不方便，它睡觉时还得用一小袋东西或鹿皮什么的把门堵上。后来，海狸费了好大劲儿，在屋的角落里挖了一条长长的隧道，弄出来一大块一大块的脏东西，像做饼一样在地板上揉来揉去。灰猫头鹰试图清除这些脏东西，但每次都引起海狸神经质的反应。海狸用挖出来的土铺了一条结实的"人行道"，通往一个装水的大桶，同时，还在它的小门旁捣实了一个游戏场。当它断定，灰猫头鹰不会妨碍它，不会去扫土时，就安静下来了，不再去深挖它的"地下宫殿"了。在这些泥土工程结束后，它发现这还只是初具规模。为了能过冬，它还必须改变一下营地的内部构造。

一到晚上，它就开始围绕着箱子忙活起来，把木柴叠高，好让自己能沿木柴爬到桌子上和窗台上。这事并不是一次能完成的，它常常返工，这正是它那酒神似的破坏性格的表现。特别引起它注意的是门的下面，从那往外看很有点窗口的感觉。一有可能它就把自己喜欢的、弄得到的东西塞进那儿，它特别喜欢塞的东西是被子。主人的训诫只能暂时制止它的这类破坏活动，而制止或捅开都会惹得它尖叫和接连不断的打转、摇头和其他可笑的装腔作势的行为，也正因为如此，这些动物在它们生活的头一年显得非常可笑。

有一次，灰猫头鹰实在忍不住了，决定严肃地惩罚它一下。海狸竟马上明白了，它前脚腾空站立起来，眼睛直盯着灰猫头鹰，发出孩子一样的埋怨的叫声。受了委屈的、生气的海狸噼噼啪啪地擂主人的背。不过，即使最最生气的时候，它也从不用它那可怕的牙齿咬主人。失宠后，它常常爬到放在桌边的箱子上，把头放到主人的膝盖上，看着自己的主人，用它简单的语言唠叨着，好像在说："人们关心桌子有几条腿，或者斧子有几个把柄，这有什么意义

呢?"而最终,它总会得到主人的原谅,因为说实在的,它不会长时间生气,这一点是够好的了。

常常是灰猫头鹰一坐在炉边的鹿皮小地毯上,杰里就出现了,把头放到他的膝盖上,向上扬起来,开始发出各种声调的颤音,一定是试着唱歌呢。作这些表演时,它总是目不转睛地看着灰猫头鹰,它认为主人有义务专注地听它"唱歌"。这样的娱乐每天重复一次,叫人十分开心。连它发出的悦耳的声音,灰猫头鹰也觉得,这是他听过的动物叫声中最奇妙的一种了。

于是,人和动物,伴着人的活动和动物的声音,虽然有些不一致,但在这一个冬天里,彼此却越来越亲密了,这一切大概由于他们各自内心都感到极其孤单的缘故。渐渐地,动物开始适应人的生活习惯了,甚至连起床、睡觉、吃饭的时间都是一致的了。营地、家具、床铺、装水的桶、它的小洞穴以及灰猫头鹰本人,现在都成了它的个人世界里的东西了。它把人当成海狸一样看待,也许希望自己也能长成这样大个的"海狸",并能跟这个大"海狸"并肩坐在桌旁,或者相反,希望人能什么时候长出尾巴,还能长成类似它的模样。

灰猫头鹰常常要离开营地两三天去弄食物,而当他回来时,它就会疯狂地撞他的腿,试图撞倒他。当他蹲下来,问它这段时间里过得怎样时,它就坐下来,左右摇晃着头,爬到他的肩上,笨拙地在上面打滚。灰猫头鹰刚把东西从雪橇上卸下来,它就认真地研究每一件东西、每个包袱,直到找到他喜欢吃的苹果为止，它总是能找到的。找到装苹果的纸包后，它马上咬破它，把苹果收集在一起，站在那儿，尽力用手抱、用牙咬，走到盛水的桶那儿去吃它一个，而把其他的都弄到水里去。

　　它不常到水里去，从浴盆里出来后，经常到一个固定的地方，在那儿坐下来，用前爪挤掉毛上的水，就像用手挤水一样。它不喜欢坐在挤下来的那滩水里，这时它使用起桦树皮来了，就像使用洗澡浴巾一样。但它很快发现，钻到被子里更舒服，因为被子吸水。主人费好大劲才能使它生气地扔下桦树皮，在身下铺上一层层从墙上剥下来的青苔。它把地板上的又长又好看的刨花、袋子碎片做成"被子"，定期从自己"卧室"里拖出来晒一晒——把这些东西都铺在地板上透透风。过了一会儿，它觉得通风的时间够了，就又把这些"被子"收拾到"卧室"里去。

　　在灰猫头鹰看来，这两道程序是动物适应生活的极好的例子，特别是将"被子"拿出来透风这一点。因为在自然界里，海狸是喜欢经常换新"被子"的。吃完饭后，它总是把盘子拖到角落里，靠近侧身的墙边。灰猫头鹰确信，所有的海狸都特别喜欢将盘子放在侧身处，为的是使自己住的房子干干净净。它还同样将所有吃剩的东西、小棍子等都收拾到墙边。

　　如果你将一些供它食用的小树枝放到不常放的地方，它会把它拖过来，整齐地放到水边。现在它不能将所有的树棍和各种东西都排在地板上了。它把这些东西都运走，

堆在窗下的一个破烂堆里。它把多余的东西弄到污水池里，但后来竟发展至往袜子里、软皮鞋里、干净的木板上和扫帚上等诸如此类的地方搬。它觉得，扫帚具有类似清扫工的权力。它常常拿着它检查一番，有时又突然翻转过来，把它当做早点。它把扫帚上的每一根小麦秸一一咬断，拽过来，飞快地用牙齿咬碎，像是一位耍吞剑戏法的演员一样，那声音很像坏的缝纫机的嘎嘎声。主人为了这些扫帚常和它吵架，直吵到觉得倒不如买新的为止。有时，它不愿意走出内室，就用半睡半醒的声音通过洞口与主人无休止地谈话。声音一会儿高，一会儿低，那声调就像真的在谈话似的。也许，这真的是它在试着说话呢。要知道，这位长毛皮的同伴在不断地努力回答人的任何问题，不仅在白天，在干活的时候，吃饭的时候，甚至在夜里，它在睡梦中听到人说话，也会试图回答。

　　需要提五次水才能装满大桶。对海狸来讲水桶的丁冬声成了换水的信号。它听到这信号马上从自己的独居中走出，来来回回地转悠，检查主人出去提水时门是否关严了，有没有可怕的冷风从门外吹进来。海狸的这种合作虽然给工作带来些困难，但却给它带来极大的快乐，因此灰猫头鹰忍耐着。但是，对海狸来讲，最大的快乐是做禁止它做的事。当它大肆胡闹时，看到灰猫头鹰走近它，它的眼睛就会因作了孽而兴奋得闪闪发亮；它被捉住，吓得尖叫，而后又溜之大吉时，它是那样的快乐！它认为自己是地板上的统治者，是它够得到的一切东西的占有者，就是说，

是半米高左右的一切东西的占有者，而这些东西大部分是家什。现在正值隆冬，它所能进行的破坏活动并不多。它很乐意把东西从一个地方搬到另一个地方，或者有选择地研究它们，不断把各种东西混合在一起，组成土墙。它就沿着这道"墙"从自己的窝里向浴盆走去。它把一些东西，例如火钩子、白铁罐、铁制捕捉器，放在固定的地方，如果它们挪了地方，它就把它们再搬回来。它给自己制定了一些规则，愉快地忙活着，完全忘我地"工作"着，只是吃饭的时候，才稍作休息，灵活地用爪子梳理自己的毛。

它兼有猴子般的顽皮和孩子般的任性。那笨拙而又淘气地迎接主人的样子，使灰猫头鹰在旅途劳累回到家后，感到快乐和振奋。它一意孤行，有着很强的自我意识，这对于能给自己造房子并用自己的双手创造环境的动物来讲，是极自然的事。毫无疑问，它把营地当作了自己的私有财产，因此当有人来甚至是从很远的地方来看它时，它并不是把所有想看它的人放进营帐来。它通过长时间的仔细审视后，才有条件地让这些人进来；但如果有谁不讨它喜欢的话，它就前爪腾空立起来，用力把那人从屋里往外推。这在客人中引起了轰动，于是有的人管它叫"女主人"，有的人管它叫"湖区女士"，而有的人则叫它"女王"。所有这些外号里，只有"女王"这个威严的称号保存了下来。需要指出的是，"女王"对自己这个小小王国的统治一点儿不手软。

这位"女王"使灰猫头鹰这样的人在思想情绪上产生

了相当大的变化。也许，由于隐居似的生活，灰猫头鹰一遇到人总是感到有极特殊的意义。但是在阿娜哈里奥出现之前，这种相遇是极偶然并少见的。他周围的环境在他心里占据了很大的位置。比如，那任何天气条件下都能行驶的独木船，那双轻便的滑雪板，那把久经磨炼的锋利的钢斧，那背东西用的结实的背带，那百发百中的猎枪，那把精制的飞刀，这些东西，对灰猫头鹰来讲，都像是活生生的生命，甚至像一个赖以生活和安全的有生命的完整社会。

阿娜哈里奥走了以后，灰猫头鹰在孤独的生活中大概又像从前那样将所有这些宝贝东西都人格化了吧。不过，并没有这样，这位"女王"完全占据了它们的地位。这是不难理解的！在这个生命体中，生命的创造不是靠人为的力量，而是在森林中自己产生的；在这个生命中，有自己独立的意识，它与人讲话，回应人，它的行动有多少地方与人相同和相近啊！这样的一个平易近人的、家养的可爱的动物，它的顽皮、勤劳和懂事满足了一个孤独人对友谊的渴望，而其他的人是做不到的，只有像灰猫头鹰，既是一个人，又是一个精神上的自然界，才能这样。

狗对主人也有依恋和忠诚的感情，但欠缺鲜明的个性，它的习性也远离人的生活：狗常常是过于顺从于人。杰里却相反，把自己当做同类中有独立个性的生命，去做人处在其位置上会去做的事：它自己建"房子"，储备东西，思索和执行各种计划，站得稳脚跟，有独立的与人接近的精神，把人当做与自己同居的伙伴，以最最平等的方式对待人。灰猫头鹰在杰里身上确实找到了这种品质。他在任何方面，任何时候，都不想使自己高高在上，除了杰里搞破坏活动时。

杰里试着与人联系，有时是闹着玩，有时是为了引起同情。灰猫头鹰认为，这一切行为，也使海狸高出一般动物。还应补充的是，在有秩序地保存东西和保持房间的清洁上，它跟人也有共同性。

很快，雪的厚度足够滑雪了，这使灰猫头鹰有机会开始有条不紊地在这个地区穿行了，以便最后断定，玛克·折尼斯和玛克·折恩姬是否还活在世间。冬天，特别是有雪的冬天，猎人寻找海狸窝并非像想象的那么难。所以灰猫头鹰决定在这个冬天里他要尽可能找出海狸所有的窝，等到夏天，他就能查出，是什么动物住在里边。很快，灰猫头鹰就以这样的方式在距房子几千米外的水里找到了三个海狸窝。这个发现并不使灰猫头鹰感到特别高兴，因为已经放弃了在这块动物生命一钱不值的地方设立一个禁猎区的计划。当然，丢失的两只小海狸在任何一个海狸窝里都能找到栖身之处，寻找它们的问题只好放到夏末去解决了。

灰猫头鹰开始制定写书计划，不过他感到当前还没有心情写东西。无论如何也想象不出，怎样才能把这许多材料组成一本书。灰猫头鹰想起那本引人入胜的《语文读本》，从阿娜哈里奥的嫁妆中找了出来，他陷入了关于对文章的形式、对话、观点、印象的统一及风格等问题的沉思

中。这些问题中，灰猫头鹰最懂得的是统一的印象，他开始顺着所有回忆的思路，经常思考起统一印象的问题。特别难的是，把仔细想到的一切编入写作计划。灰猫头鹰的小说都是自然而然写出来的，没有任何预先拟定的计划。即使有计划，写来写去最后可能完全背道而驰。

　　灰猫头鹰对阿娜哈里奥命运的担心，妨碍了他认真思考写书的事。尽管她带足了装备，又有请熟森林生活的人照顾，但她要一直向着大片湖区进发，经常要碰到凛冽的暴风雨。不过这里已是冬天，在杰米斯卡乌阿达却还是雾蒙蒙的晚秋季节。

　　为暂时摆脱这些妨碍写作的令人不安的思想，灰猫头鹰想去那曾经使他初次产生文学意向并经历许多事情的地方重游一次。在那儿能否完全集中精力写书呢？灰猫头鹰没多加考虑，就把自己的营帐交给一个他新认识的、值得信任的好朋友，把行装放在平底雪橇上，就向别列卓夫湖区进发了。

　　过去的家园显得十分凄凉，房顶上露了洞，墙上有了裂缝，但小房子基本上还是他们离开时的样子。从前海狸的小坝因年久失修也坍塌了，湖水干涸了，没有下过雪，地面上到处是石头和一片片的芦苇。不曾有别的动物住过的海狸窝，高高露出在空荡荡的池塘边上，连它的人口都清晰可见。不用说，湖水退去后，连麝鼠也搬走了。这时候灰猫头鹰的出现，惊起了一大群鸟儿，连陌生的松鼠也马上停下来，注视着他，只有高大的松树依旧肃然默立着。

灰猫头鹰

　　灰猫头鹰走进小房子，感觉自己像置身于教堂里一样。里边的所有"圣物"还在原地未动，不过已饱受风雨的侵蚀。那顶用羽毛做的军帽正凄凉地挂在那儿，曾经给人带来快乐的鹰的羽毛也肮脏不堪了。那战士的脸一改往日问候的神色，变得麻木而没有表情了。那些酷似项链的心爱的图片，也都快被雨水冲刷尽了。圣诞树倒在角落里。折断的桌子腿，脱了毛的鹿皮，地上给海狸喂食的盘子，海狸咬过的东西，阿娜哈里奥亲手做的窗帘……所有这一切都还保存着。海狸辛辛苦苦建立起来的"城堡"仍旧完好无损，只是从小孔里再见不到小海狸那黑色瞳眸的探寻目光，再也听不到它们那尖细颤抖的声音了。

　　灰猫头鹰忧心忡忡地在一条他经常坐的长凳上坐下来，后悔回到这座破旧的故居，他久久地沉思着。直到黄昏来临时，小房子外面晚霞将整个天空映衬得通红，穿过烟囱裂缝和窟窿在地板和墙壁上留下一块块红色的斑点。这神奇的光线使他对这个空荡荡的、被烟熏黑了的小房子的感觉又跟从前一样了，它仿佛又成了玛克·折尼斯和玛克·折恩姬的家，恢复了从前的热闹和荣誉了，一切又充满了生机。灰猫头鹰点上火，便执笔写作起来。

　　灰猫头鹰连续写了两个晚上，他有意欺骗自己和读者说，他的小朋友玛克·折恩姬和玛克·折尼斯还活着。为什么一定要骗人呢？因为也许它们还活着，就在某个地方，甚至可能就在附近。不管怎么说，在作品里玛克·折恩姬和玛克·折尼斯是活着的，它们正在周游世界，而且正从

家园的故事丛书

每一页书稿里走入不同的读者的心里。

关于在干涸的别列卓夫湖畔的创作活动，灰猫头鹰这样写道：

"我发狂地写了一个星期，耳边回响着女人温柔的笑声和孩子般尖细的叫声，眼前呈现出许多幻象，它们在动、在玩耍，于是故事中的主人公又复活了。这些幻象一点儿也不悲伤，正相反，在我写作的时候，它们快乐地包围着我。终于，我进入了一种从未有过的写作状态。我终于明白，为什么这些小动物会给我们带来如此深刻的印象。从生活习性上讲，它们是'小印第安人'，是一个种族的标志，是我们和自然界之间活的纽带，是某种神秘事物的活的化身，是荒芜的大地上的精神之体现。森林被砍伐，野兽被捕杀，表面上看，大自然好像已经被洗劫一空，但是终于还是留下了什么。从纯现实的角度看，这些小海狸和它们生存的自然环境一起，极其典型地成了自然界的一个基础。这个高级的森林动物，是野生、原始的自然界的具体体现。通过它们，我对自然界有了新的认识。这种由海狸引发的心灵上的转变和对自然界的重新认识经常让我深思。我觉得每一种动物，只要放在合适的地方，甚至不同的物品，都不同程度地起到类似的作用，尽管其效果有的也许不那么明显。我的一生都是在大自然中度过的，但我还从未像现在这样感觉到自己离大自然这样近，因为以前我与之发生关系的只是它的一部分，而不是整个自然界。这种对大自然本质的进一步认识，使我产生了一种自知之

家园的故事丛书

明的有益力量。现在我已经清楚地明白自己没有能力阐述
或描写这一切，而如果我硬要这样做，那就好比是用我的
笔来创造历史一样荒谬。不，我只能凭我自己的观察和经
验，自知之明地来写我熟悉的题材。

印第安人有节奏的滑雪，野熊摇摇晃晃自由自在的步
态，水面上快速行驶的独木船飞溅的浪花，可怕的疾泻而
下的瀑布，轻轻摇曳的树梢……我一篇手稿中的这些话，
同一支笔写出来的这些东西，倒能反映出使整个宇宙着迷
的一种永恒的韵律。这不是对多神教神话的崇拜，不是尊
崇动物和自然的学说，而是对世上所有生命之间紧密联系
的领悟，它使我这个行者神魂颠倒，不由地惊叹道：'印第
安人、动物和群山，都在同一音乐的韵律下运动着啊！'

我的创作来源于我对有生命的东西紧密联系的感悟，
我也是其中的一分子。树木虽然倒下了，但它滋养着其他
生物。从死亡中诞生生命，这就是联系的法则。我的这些
文字已不再属于我个人，我把它们看做是大自然的反响。

我最终感觉到，我是为感悟这一切而诞生的。就连玛
克·折恩姬和玛克·折尼斯的窝（我在一个满天星斗的夜
晚离开了它），现在我觉得它已不是令我失望的一堆基石，
并不是一种结束，而是一种开始了。在离开那儿之前，我
拿起两根剥了皮的小棍子、一些木屑、一些褐色的细毛和
圣诞树上的一小根树枝，用一块鹿皮把它们紧紧地包好，
使它们成为医治我心灵创伤的良药，以及我的幸福和对以
往日子的象征。

　　我向幻象告别之后便走了，把它们留在身后。每当我来到一个曾经到过的地方（那儿除了我来过，再没有任何人的痕迹），我感到，在那儿，我身后的一个什么地方，在一间小屋里，炉火边坐着一位女人和两只小海狸。"

寻找词汇

　　灰猫头鹰回到家里，收到了阿娜哈里奥寄来的第二封信。她在信中写道：她和达维特都还健康地活着，但是他们的发财梦破灭了。因为在他们到达前的 28 天，达维特的那块地就被别人占去了，那是当地最富饶的一块地。他们不得不在本属于自己的那块地上受雇干活，就这样达维特寻找黄金国度的最后一线希望破灭了，他一下子就衰老了许多。饱受痛苦、一蹶不振的他现在只好往回走，回他的渥太华去，在那儿他将把自己的这把老骨头跟父辈们埋葬在一起，埋葬在会唱歌的松林下。阿娜哈里奥现在只是在等待着河水解冻，然后自己返回来——看来想在七月份前赶回来是不可能的了。

　　现在写书对灰猫头鹰来说不只是一种爱好了，而是要做的最重要的一件事情。他和杰里是否能离开这块异乡的土地完全取决于他现在所从事的冒险事业的成败。当然，工作进行得热火朝天——无论是主人，还是他的杰里都干得很起劲。他不停地写，不分白天黑夜，只有出去收集木柴的时候，才停下笔来。

"我，"灰猫头鹰说，"从来没有妄想自己会有高深的文学修养——在这方面我难于做到——我也就只限于正确使用一些修饰手段。我曾经认为，现在也这样认为，尽管我知识浅薄，但如果能注意运用写作技巧的话，那么我的思想将会像包上一层铁皮外衣似的坚固，而不是包一层柔软的被子来遮掩自然界中的阴暗的现实。我在写作中更看重词汇的作用，将词汇而不是思想放在第一位来考虑，认为只有这样才能很好地表达思想，结果就好比用滑雪板而不是用铁锹刨雪，用斧头柄而不是用斧头刃砍林中的树枝来开路那样愚蠢可笑。不用说，我总是瞧不上我收集的英语词汇，但现在看来，那还是可以使用的。它们是我从一大堆冷冰冰的书里找出来的，这些书已在我这儿存放了30年了。在我阅读了这些书之后，才明白里面的单词也是非常有限的，必须扩大词汇量，于是我经常翻阅英语指南。我读过一本诗集，读过隆戈费罗的长诗《嘎依阿瓦达》，读过谢尔维斯的《苏尔杜之歌》，在其中，我找出一些与我写作内容相应的诗行放在我的文章中。据说这些诗早就不流行了，但我只想表达我的思想，而不管它是否流行。一堆堆的手稿摞起来了，其数量之大，让人震惊。我经常会从睡梦中醒来，对文章做些改动，我还常常做一些笔记，有时候为了使一些难懂的地方达到理想的效果，我就大声地读给杰里听，它很高兴听我的朗诵和沙沙的翻纸声，围着我转来转去，欣喜若狂地翻着筋斗。我做了一个桌子放在床

头，这样，坐在床上也能随时拿到手稿，及时写下我的所
思所感。

当我写作的时候，杰里也在忙碌着，它经常做一些非
常重要的事情，例如，拖东西，将物品换个地方，做一些
轻微的"家务活"，往门底下的缝隙里塞点什么，或者重新
堆一堆木柴。它经常挺直身子坐在我旁边的床上，紧张地
仰着头，盯着我的脸，仿佛要看穿一个秘密：我在纸上划
来划去，究竟为了什么？它特别喜欢纸张，所以，翻纸的
沙沙声特别引起它的注意。它常常将包装纸、杂志和书偷
到自己窝里。它坐在我旁边，经常能弄到一本小笔记本和
一些纸张，所以我们就会很激烈地拌嘴，而且，我也并不
总是赢家。一次，它竟打败了我，我觉得这很出乎我们两
个的预料之外。我忘记在床和桌子之间放一个东西隔开来，

终于有一次，当我砍柴回来时发现所有的东西，如照相机、灯、餐具和书等等，都翻过了一遍。为了表明很欣赏我写的东西，它拖走了我所有的手稿，只剩下几页扔在地上，其他的都不见了。为了找回手稿，我'拜访'了罪犯的家，迎接我的是受惊吓的尖叫声和不友好的抵抗，尽管这个'女妖婆'竭尽全力想夺回自己对手稿的占有权，我还是把它赶了出去，找出了我的手稿连同被烟熏黑了的一个木头火钩子和一段铁丝。万幸的是，手稿除一页外，全部都找到了。显然，杰里是一下子用它的嘴叼住一大摞纸就往窝里拖，因此手稿受到的损坏并不大，但还是被弄得一塌糊涂！请您想象一下吧：大约有 400 页正反面都密密麻麻地写满了铅笔字的手稿，其中随处都有插入的句子、附语和笔记，还有移行符号、箭头和一些费解的标记，全被弄得乱七八糟了。重要的是，手稿没有编页码！您总该理解这场灾难有多严重了吧。我用了三天时间整理这些手稿，有时某些地方不得不重新抄写。这一次，我认真地标上了页码。

就这样，杰里和我都在不停地忙活着。不过事情也将近尾声了。

我的思绪总是回到那条在长满槭树的群山间咆哮的密西索加河上，回到向红色峭壁倾泻而下的、雷鸣般怒吼的澳勃里瀑布上，回到那有垂直花岗岩峭壁的、凸出地方长着枝枝蔓蔓、稀稀落落松树的格罗斯·凯普山上，回到那多洞穴的幽暗松树林里，回到那些腐烂的白桦树叶、椴树

叶、杨树叶的气味中，回到那湖水与独木船有节奏的、深沉的、愉快的撞击声中，回到那微弱的篝火里冉冉升起的黑烟中，回到那些生活在巨流边的红松下的营地里平静而又善于观察的印第安人中……

我一直痛苦地想念着那些平凡的、善良的人们，那些年轻时代的朋友和师长，他们所走过的道路就是我走过的道路，他们的上帝就是我的上帝；思念那些由于饥饿而在被烟熏黑的小屋里、在光秃秃的被掠夺的空地上平静、绝望地忍受着死亡的人们。

我想起那些悲惨的、处在死亡状态的小孩们，他们的父母表情惨然地在为他们驱赶着苍蝇而不能入睡。我又想起，虽然我牢骚满腹，但他们的境况比我更坏，我感到，我应该和他们在一起，以他们的痛苦为痛苦，应该像曾经在幸福时刻分担他们的欢乐一样分担他们的不幸。

我们要在一起度过的圣诞节到了。我想，杰里实在太高兴了，它吃得太多，以至于第二天都感到不舒服。可是，我一个人孤独地过节，感到空虚和不幸。但不管怎么说，我还是在天花板下面挂了一个纸灯笼，灯笼点亮了以后，杰里无数次地看它，因此，我终究没垂头丧气和自暴自弃。我得到邀请外出过年。我把杰里连同食物和水一起牢牢地锁在温暖的房子里，到卡巴诺整整度过了一天一夜。

整个城市充满了节日气氛，连最愁眉不展的人也受了感染。街上到处是穿着盛装的人。教堂的钟声响了，时刻都有人从森林里走到街上，唱着歌，整座城市都充满了关

怀和温暖的气氛，不管什么样的天气，甚至狂风暴雨，也压不倒这种气氛。音乐声从四面八方传来，从收音机里的有组织的娱乐到留声机里的放声歌唱。在严寒的空气中飘盈着小提琴弹奏的吉格舞曲和苏格兰的八步舞曲，人们同时跳起熟练而复杂的、带有各种动作的舞蹈，在舞蹈中这个民族找到了自己感情的最好的表达方式。

当我走在长着一排排树木的狭窄街道上时，我脑海里产生了某种类似印第安农村里的村社精神的东西，对家的思念占据了我的心扉。但这种思念的感情很快就过去了，因为人们从四面八方欢迎我，跟我握手，把我让进从前我从未到过的房子里，让我也来享受他们的快乐。这一切都显得自然、真诚和朴实，我完全忘了自己还是一个忧郁的半印第安血统的人，流露出发自内心的快乐。

每间房子里都充满了音乐、游戏和笑声。这里没有忧伤的、缓慢的旋律或者色情的感伤主义的荒诞行为，有的是欢快的卡德里尔舞、美妙而古老的华尔兹和活泼潇洒的狐步舞。主人的款待是多么精心呀！他摆上了最丰盛的宴席，有最好的烤腊肉、鹿肉和可口的法式面包，很快就叫客人吃得饱饱的，他们善意地祝愿一切如意。对了，他们还请客人喝红葡萄酒。那些讲究礼节的人（如果有这样的人的话），也不需要故作客气或装腔作势，因为在这样亲切欢乐的气氛中谁也不会专心注意谁，就连许多仪表堂堂的公民，在这一夜也顾不上尊严，只是在清晨时才恢复了常态。

　　在一个晚会上，城里一位相当有地位的老绅士，玩得忘了自己已年迈了，竟然大声说，他能跳过一座房子（当然，不是很大的房子）。他讲他年轻时非常英勇。有一次，他遭到一群流氓的伏击，他冲出整整一队人的包围圈，灵活地左右开弓把他们打得人仰马翻（讲述中他几次低下了头，仿佛在避开敌人打击似的），敌人慌乱地扔下倒下了的伙伴，落荒而逃。他描绘以往日子里的英勇行为时，讲得全神贯注。还说到他如何告别家园，穿上别人的大衣，因为个子小，穿的衣服袖子快过膝了，下摆在雪地上托着，就这个样子在街上大踏步走着。

　　在另一个房子里有一位客人，像我一样是外地人。他有一辆福特牌小型载重汽车，他乘着它周游四方，从不在一个地方久呆，走村串巷卖缝纫机、雪茄烟、破旧的书籍和配方很好的家酿酒。他脸上有伤疤，眼睛近视，带着一副镜片特厚的眼镜，头上戴一顶牛仔帽，右手只剩一个手指。他并不想掩饰身体上的缺陷，或者像我们许多人一样大事化小，而是当作命运给他的幸运礼物一样炫耀它们，这不仅使那些无才能的人，也使其他的人感到快乐。他边显示这些缺陷边唱着滑稽的歌，用六根指头弹钢琴，装扮成伟大的音乐家。他还会用灵巧的双脚跳舞，因此，女士们都高兴地在他那不幸的、难看的脸上留下新年的吻，而男人们则握住这位气度不凡的、小丑一样令人愉快的人的残疾的手。当他离开时，大家都很难过，并祝愿他一切顺利。

半夜时分，传来了各种礼炮声。时钟每敲一下，就响起一阵枪声。因为时钟有的快有的慢，所以每次齐射持续好几分钟，虽然子弹从四面八方往湖的上空飞着，但谁也不怎么担心子弹落到哪儿去，因为在这天夜里，没有一个善良的人会无故呆在城外的。

在欢庆节日达到快乐的顶峰时，我突然想起了我的褐色的小宝贝，它正独个儿在黑暗的空房子里等着我呢。我于是不辞而别，在半夜里沿着森林，滑雪回到了斯拉诺夫山外的家中。杰里此时也像我一样在庆祝新年，并享用着纸包里的坚果、苹果和糖。它只是没有回忆过去罢了。我不论在什么地方，在什么环境下，从未忘记过自己的使命。成功的时候，不会忘记可能出现的坎坷。我从未停止过倾听和研究语言，仔细地提出一些问题。我不仅在寻找活着的海狸，而且还在寻找它们的皮毛、骨头以及杀害它们（两只小海狸）的凶手。所以，当我一个人走路时，对那些本应是朋友却并不是朋友的人总感到十分憎恶。

二月底，我寄走了写完的手稿。现在有时间了，我开始借助同义词书和词典等书籍研究词汇。我发现，词语很灵活，也很难掌握。于是我把出现在书和杂志上的每一个用得着的词都找出来，记在笔记本里，渐渐地记住并反复朗读。我非常热心作这种笔记和不停地沉迷于同义词书籍的复杂情景中，有时竟忘记了吃午饭。我开始凭着字典思考，使用那少得可怜的词汇，以至连那些讲英语的朋友也常常听不懂我的话。我常常心不在焉，有一次我想装一袋

烟抽却拿起一瓶墨水；另一次，我发觉自己竟想拿'永恒'笔放进装烟的铁盒里。

我有一个熟识的律师朋友，他常到我这儿来做客，每次都带来一种活跃的气氛，有时还带一群快乐的朋友来。他很少不带礼物来的。有一次，他在路上迷了路，深更半夜才找到我家，他告诉我他把一台手提收音机丢在了不远的地方。第二天，我们从林子里找到了这台完好的收音机。收音机对我来讲还是个神秘的东西。律师安上了天线，把音调好。平常静悄悄的帐篷里，这一夜充满了音乐声。

过去我讨厌各种机器，从犁铧到铁路都讨厌。为了使用这台收音机，我不费什么劲就克服了对机器的厌恶心理。我很快发现，收音机是取之不尽的词汇源泉。不久，收音机里的播音员、书籍作者、评论员、新闻朗诵者、政治家等成了我的夜间伙伴。这些人，还有莎士比亚的书，满足了我那贪婪摄取表达手段的胃口。"

"女王"逃走

很久以来灰猫头鹰就认为，夜间走路妙不可言，猫头鹰就是夜里出来活动的动物，他也正是因此而得名的。在黑暗中生活的习惯对他保护杰里很有帮助。他在夜里随时都能找到它。他在巡查和睡觉的间隙里学习英语。诚然，夜间学习很耗费煤油，因此，他在铺里买煤油的开支不断增加。但周围有很多鹿，鹿皮可以做衣服，穿着的花销可以省一些，灰猫头鹰现在穿的就是鹿皮衣服，并且是自己裁剪的。有一天，他的这种笨活引起了当地守林人的注意，他拿着一纸罚款通知书来了。灰猫头鹰向守林人解释了自己的处境，守林人明白弄错了问题，建议他给魁北克市写封信去。他很快收到了区森林管理会领导的回信，领导因打扰了他而感到非常抱歉，并表示允许他长期在此打猎。这个古老的法式魁北克市并没有找他的麻烦。

在欢庆新年的日子里，灰猫头鹰认识了一户爱尔兰人家，这家人待他像对待亲人一样亲热，什么东西都为他安排得好好的，他感到就像回到了家里一样。灰猫头鹰和他们建立了终生的友谊，他每一次到这儿来，主人都为他举行愉快的歌舞晚会。

有一次，灰猫头鹰从这种愉快的晚会上回到家时，发现房子的门开着，冬天隐居这儿的小伙伴不见了。

灰猫头鹰痛苦得简直要丧失理智了，呆呆地盯着敞开的房门。起初，他以为是被盗走的，因而怒火中烧。后来，一仔细检查，才知道是杰里从里面把门弄开，自己逃走的。早春温暖的阳光诱使它走出家门。河水还没有解冻，森林里的雪还有 1.2 米厚，它可能要冻死的。杰里留下的脚印表明，它离开已有一天了，是沿着湖边到它秋天玩耍的房子那儿去了。

它在冰面上没找到窟窿，就沿着河面上走，但却怎么也找不到水。小溪消失在沼泽地里，到处纵横交错着赤杨

和雪松，它就在这样复杂的地形中四处闯荡，寻找出路。它的步子越来越快，在多处躺下来休息过。它身下的雪都融化了，很容易弄明白它在哪儿过的夜。天气越来越冷了，地面结了一层冰，海狸留下的痕迹越来越模糊不清了。那模糊、杂乱、倾斜的脚印离家里越来越远了，最终完全消失了。气温急剧下降，海狸的四肢和尾巴会很容易冻在冰上的，这样的气候完全能冻坏动物。

灰猫头鹰一夜也没回帐篷。他在沼泽地上一直转到天亮，一直呼喊他的杰里。随后除了沼泽地外，他还到一些峡谷、隘口里找了许多个日日夜夜。气温降到零度以下了，这是少见的早春天气。现在灰猫头鹰明白了，就算他的朋友躲过敌人，例如狐狸的袭击，那么没有水，它在这种时候也会冻死的，他就发现一只箭猪被冻死了。气温回升到零度以上，天气开始变得温和起来，灰猫头鹰还一直在寻找，哪怕能发现这逃跑者的一丝痕迹也好，他在到处寻找，连海狸不可能去的一些湖区他也去找过，找了 20 天以后，滑雪板坏了，不能在潮湿的雪地上用力滑雪了。但灰猫头鹰仍在滑着。他特别难受，但忍受着。滑雪板终于散架了。在下了几天倾盆大雨之后，天气又特别冷了。灰猫头鹰简单地修理了一下滑雪板，想趁着严寒，再到这位"逃兵"可能去的地方去找，哪怕找到它的尸体也好。灰猫头鹰刚走出他的小房子，就突然看到一个褐色的东西正沿着岸边爬行，在离他 46 米的地方，正向小房子爬过来。没什么好怀疑的了：这个形容憔悴的东西正是他那位"女王"了，

是它回来了。

　　灰猫头鹰看到他的"女王"时，产生了一种类似喝美酒喝醉了一样的快乐。"女王"饱吃了一顿，它从没吃得这样多，之后，整整睡了 24 小时。灰猫头鹰找到了它出事的地方。原来，它来到一条几乎干涸的小溪（它以为那儿有水），蹲在积雪下面的一个洞里，后来下起了倾盆大雨，它顺山洪而下到了湖里。湖面化冻后，又很自然地从敞开的湖面爬了出来……

　　现在，它不时地跟灰猫头鹰开种种玩笑：向灰猫头鹰指一个方向，等灰猫头鹰划过去后，它却猛地钻入水中，突然出现在另一个方向。而当灰猫头鹰划过来时，它就像扔一截圆木一样，在水里翻筋斗，打转，弄得四溅的水珠打在灰猫头鹰的脸上。有时，这样的嬉戏要折腾好久，半

小时甚至更长时间，它一直和主人嬉耍。有时，当独木船飞快行驶时，它就猛地钻入水中，自以为藏了起来，而灰猫头鹰却早就发现了。它用尽全力，让身体的每一个部位都紧张地忙活着，为的是超过灰猫头鹰，赶到前面去。当灰猫头鹰追上它时，它又重新钻入水中，就这样，它和独木船在一起走得越来越远了。

它常常发出尖叫声，800多米外都能听得到，灰猫头鹰用这样的声音召唤它，它却很少回应。它还有一个爱好，就是用双爪抓住主人的腕骨，把身子紧贴在主人胸前，一会儿使劲推主人，一会儿使劲拽主人。有时，它向后仰，为的是能用力向后拉，使主人失去平衡。现在，它已经有9千克重了，身子骨也长结实了，肌肉也强健了。后来，灰猫头鹰了解到，海狸与他玩的游戏中没有什么特别的地方，这是海狸最平常的消遣方式。还有一点值得特别注意，它更愿意跟人在一起，尽管当时离它5千米的地方就有它的同类，它可以轻易找到它们。

灰猫头鹰在它旁边整整坐了一夜，不时地喂它牛奶喝。黎明前，它体内潜在的生命力复苏了，它慢慢地、痛苦地爬进了小房子，一整天躲在里面，两罐牛奶被它喝了许多。到了夜里，它显然渐渐好起来了，又离开了小房子。只有这野生动物的这种神奇的康复能力才能帮它挽回生命。它整整一个星期没出洞，也不回答别人的呼喊。通过在湖边找到的各种迹象推测，可以猜想到"来访者"是个庞然大物。毫无疑问，如果当时只它一只海狸，它肯定被弄死了。

看得出，罗乌海特也出战了，并且根据它多次表现的才能，灰猫头鹰认为，它的参战才最后扭转了战局。

从这一天起，两只海狸完全和睦相处，协同做事了。但是，"女王"亲身体验到别人会给它带来多大痛苦之后，它把人们都撵出了"教门"。现在，那些自愿来看海狸，想欣赏那美丽皮毛的"客人们"，只能睁着眼、优雅地站在某一个固定的地方，他们最轻微的犯规也会引起这两只海狸的不满。同时，它还觊觎着岸边、湖泊和独木船，甚至连营地也好像是它们建造的，它将要把那些人从营地里赶出去，把他们赶到大路上去……

海狸们勤勤恳恳地在池塘和池塘周围忙活着，若是没有它们，这片池塘很快会变成一片浅浅的、水藻丛生的可怜的水洼了。它们的存在，给一切都带来了生机，谷地里有人居住的样子了。的确，使谷地充满生机的海狸们，也渐渐开始吸引了人们的注意了。很多人步行到这里来，只为了能看看海狸。有些来这儿的人带某种法国诗人般的才能，他们给海狸取了当地的名字以表敬意。于是，高大的斯拉诺夫山顶延伸下来的小湖区附近的小山岗，开始被称作"杰里·罗尔山冈"，那小湖则叫做"罗乌海特湖"，而那营地则叫做"海狸之家"了。

于是，谷地上的这三位活动家，一个人和两只海狸就正式地写入地方志了，从而确立了他们的权威，并且在为争得更好的名声而努力忙活着。海狸们常去清理水道和通往河岸的出口，它们修建房子，还常常有条理地修水坝。

灰猫头鹰本人则在他的房子墙根周围修了土台，把墙上的缝隙堵好了，把院子填平了。

在房子周围，海狸们给自己建造了一个游戏场。除灰猫头鹰外，谁也不许涉足那里。有一次，杰里追击三位"客人"，其中的两位逃到高高的山冈上去了，而第三位则爬到树上。在这次胜利之后，"女王"站在场地中央，摇头晃脑，高兴得装起鬼脸来：海狸在成功的玩笑之后心情总是非常的愉快。

一位长着银白色头发的绅士

如果从灰猫头鹰的角度看，时间就这样在不断的忙乱中过去了，如果反过来看看海狸，那么，它们是在顺利地成长着，它们已长到成年海狸身高的3/4了，成了强壮的动物了。现在到了偷猎的高峰期，一些传闻使灰猫头鹰很不安。他将海狸锁在屋里不让出去，结果它们只在营地里呆了一夜，就咬坏了桌子，弄坏了部分地板，撞翻了水桶，打碎了玻璃。它们爬上窗台的办法，很值得动物心理学家注意。事情是这样的：在墙边的地板上放着一只2.5米长、顶端包着铁皮的船桨，灰猫头鹰发现海狸们常玩这个船桨，但对此却没怎么放在心上，两只海狸不知为什么在地板上往前拖那沉重的一端。杰里爬到对面墙根下，抬起前腿，把船桨高高地竖过头顶。同时，罗乌海特在另一端继续向

前推，结果包铁皮的那一头猛地向前砸去，把玻璃打碎了。海狸大概没有想到会要打碎玻璃的。不，它们的目的在于搭一个台架，沿着架子可以爬出去，把那个透亮的"窟窿"堵上（它们不懂得那是玻璃窗）。这次海狸可是真正的共同合作、精心策划了一次行动。

灰猫头鹰仔细观察了所有这类情况，包括海狸的全部生活习性，写成了随笔寄给他的出版者，而后者毫不拒绝，全都收下了。出版者在最近的一封信里通知他，关于海狸生活的这些描写，使他产生了要把这件事通知给渥太华外事局国家公园管理处的念头，希望他们把海狸的活动拍成电影。几乎是紧随着这封信，一位国家公园管理处的工作人员——长着蓬松的银白色头发的绅士来到了灰猫头鹰家。他长着一张有棱角的、善良的脸，一双深邃的能洞察一切的眼睛，在毛茸茸的苏格兰人的眉毛下，专注地看得人直发窘。他对灰猫头鹰说，虽然他本人完全相信他的小说的真实性，但是，在花很多钱动手拍片之前，他必须亲眼看一看这一切情况。他还说，他准备去看看那些与众不同的事情。当灰猫头鹰带他来到湖上，让他坐上独木船，把海狸叫出来时，这位绅士大吃一惊。起初，海狸听到自己朋友的声音，趁客人没注意，就露出水面，出人意料地在客人身边钻出来，爬上独木船，目不转睛地盯着客人，仔细地打量着他。它们弄脏了他的衣服，但他一点也不在乎，重要的是，他立刻确信了灰猫头鹰写的关于海狸的故事完全是真实的。

客人在这里呆了两天。在这段时间里，海狸要么呆在屋里，要么在房子附近玩。最后，这位绅士承认，他所见到的这一切是无与伦比的，并且要马上采取行动，别让这个神话不经意就消失了。这时，灰猫头鹰对他说，全部事情的主导者还是玛克·折恩姬和玛克·折尼斯。这位绅士在听完这段故事后，极其感动地说，类似的事不应该再出现了。

这位银白色头发的绅士暗示的是什么呢？他在这次拜访中并没有说什么特别的话，只是请灰猫头鹰准备迎接摄影师。没出一星期，摄影机就嘎嘎地叫开了，杰里和罗乌海特在水里来回游泳、潜水、行走、奔跑、拖木棍、爬到独木船上，此外，还变了很多除灰猫头鹰之外世上其他人都没有见过的数千个戏法。所有这些都摄入了世界上第一部《海狸族》影片中的镜头里了。

拍摄海狸的活动有许多困难。一位摄影师凭着满腔热情，在水里、黏土里站很长很长时间，有一次，他甚至下到齐胸深的水里。但是，他对海狸了解得太少了，而灰猫头鹰又不了解拍摄技术。是海狸帮了大忙，它们愿意整天整天地摆姿势。只是要把它们放在合适的位置上。

影片很快就上映了，并在英联邦各成员国受到热烈的欢迎。在这之后，又来了一位银白色头发的绅士，他提出了一个新的、独特的建议：建议灰猫头鹰在英联邦成员国的保护下专门饲养海狸并领取一定薪金，海狸的安全要得到终身保障，它们的命运不受制于政局的变化，任何时候

也不应成为某种试验品！管理海狸，准确地说是繁殖它们，都绝对由灰猫头鹰说了算。同时，按灰猫头鹰的想法，要为保护大自然事业的发展提供各种条件，而不致因缺乏资金而伤脑筋。不仅如此，在这项建议中还提出，要为阿娜哈里奥建一所她向往的房子，要保证海狸们有它们想要的足够的苹果吃。而有了这么多的方便条件，灰猫头鹰也要承担一些义务，即他和他的海狸们应该帮助人们研究野生自然界和生物学，给专家和学者们提供一切可能提供的资料。可以预料，灰猫头鹰和他的海狸们在公众中传播国家动物的生存知识，这将是国家的一项重要的事业，从而将唤醒人们去保护自然。这样，灰猫头鹰，这位对白人文明有无法抑制的憎恶感的印第安人，这位好战部落的后裔，现在就应该成为加拿大政府的工作人员了。

　　这位银白色头发的绅士在提出他的建议的同时，委婉地示意灰猫头鹰，他是很喜欢印第安人的，他的确是动物的和整个自然界的朋友。这位头发花白的绅士很会使用那种外交式的友善辞令，用那种几乎是亲人般的关切声调对灰猫头鹰讲话，使灰猫头鹰忍不住把一直压在他心头的一切讲了出来。他讲了自己的想法，要达到的目的，以及为实现这一切而进行过的残酷斗争。在灰猫头鹰的这个自白之后，头发花白的绅士简明地说道：

　　"您就是我们所需要的人。"他很有分寸地指出，只要灰猫头鹰同意，海狸会得到好处。

　　在车站上送别了客人后，灰猫头鹰沉思着转身向斯拉

家园的故事丛书

诺夫山走去。

刚才他还在讲他为自由而进行的斗争，现在他觉得自由就在眼前了，这是一直存在于印第安人心中的渴望已久的自由。

"除了在森林漂泊和当向导外，"灰猫头鹰写道，"我从未给任何人做过事。现在，我为了许多好处和利益去工作，倒觉得完全失去了自由，这将是我闯荡森林的结束。我觉得这太具决定性的意义了，真有些令人害怕，事情太突然了。但是，从另一方面来讲，既然我应该忠于自己的职责，要去追求自己的理想，那么，我就应该放弃任何个人自由的想法。眼前的两件事，像灯光一样明朗：第一件——预期目标中的首要事情——现在已掌握在我手里；第二件——是让这两位小朋友摆脱可能遭遇的不幸的和猎人的捕杀。这是很明确的，而其他的事都是微不足道的。"

"最后，我下定了决心。也许会比以前有更多的自由吧。"

"我接受了他的建议并同意听从加拿大国家公园的吩咐，同时我请求无论什么时候，也不能把我和海狸分开，如果我什么时候找到玛克·折恩姬和玛克·折尼斯的话，要允许我带上它们。"

"这两个要求他们都答应了。"

"我许久以来的愿望就要实现了，真是连做梦都没想到啊。"

这时一切都决定下来了。灰猫头鹰开始准备出发。冬

天渐渐地近了，他制定了保护"海狸族"的前所未有的计划，可是他忽略了冬天会给生活带来难以预料的影响。冬天一来，海狸就回到冰下，到它们窝里过冬去了——灰猫头鹰现在已经无法接近它们了，它们离他遥远得很，甚至比中国还远呢。

麝鼠的秘密

灰猫头鹰一个人在湖边过冬，没有任何可能跟自己的小朋友往来，而且无论如何不能离开这儿，因为到处都有猎人觊觎着海狸。他的心情出奇地忧郁，他脑子里还常常闪现出这样一个可怕的念头：已经完全长大的海狸可能会恢复野性，会在春汛时逃之夭夭，就像玛克·折尼斯和玛克·折恩姬那样逃得无影无踪。

如今，灰猫头鹰常常到湖那边大雪覆盖的小窝前去"拜访"，向通气孔里说些话，这些话语过去常常引来海狸奇怪而高兴的叫声。现在那里什么回声也没有了，他的声音只在空中回荡而已。在高耸的泥炭沼泽地上的白色锥状山冈下，他发现有生命存在，两个毛茸茸的、圆圆的东西躺在那儿睡着了。它们睡得很安稳，但灰猫头鹰知道，如果他因为什么缘故而撤销对它们的保护，那么它们就不能活到春天了。在这样的心情下，灰猫头鹰唯一担心的就是会有什么东西侵犯它们。他感到，在与敌人斗争中他可以

奉献自己的生命……

灰猫头鹰随时准备迎接这样的凶手。有一次，他去检查海狸窝，在海狸窝旁边薄薄的冰面上发现了一个被斧子砍过的洞，灰猫头鹰擦净洞口的雪，发现了一块红色的斑点——血。

突然间，灰猫头鹰变得像他的前辈那样狂暴。他冷静下来后，一切意识都集中到一点——去找这个人。他不是在暴风雨冲刷过的露天场地上，而是在森林里找到了痕迹，毫无疑问，这个人是想迷惑追踪而来的人。那逃跑的人很懂得他干的这一切，不过还懂得不够。他滑雪时，滑雪板深深地嵌入雪里，留下的痕迹没有被暴风雪完全掩盖上，这斑斑点点的痕迹，暴风雪是造不出来的。在这上面，那个人是没有办法造假的。

对干这事的人来讲，值得庆幸的是，他在灰猫头鹰来到前两小时就走了，现在已到了家里，根据零零星星的迹象，善于辨识的灰猫头鹰知道，要找到那个人是不容易的……整整两个星期，灰猫头鹰的内心都处于极度痛苦中，他经过冷静的思考，制定了一项周密的计划。一幅报复的景象不只一次地出现在灰猫头鹰平静的睡梦中……

天气开始解冻了，在离海狸窝不远的地方，露出一个被毁坏的麝鼠尸体，它显然是被猫头鹰弄死的，因为它的头掉了，皮也被剥去了。正在这时候，一个可疑的人来了，说他在海狸窝边打通了一个麝鼠洞，用来取水用，那时就发现了血迹。他考虑到这件事可能会引起的后果后，就不

敢对灰猫头鹰讲，而寄希望暴风雨能掩掉痕迹。

灰猫头鹰听完这些话后，承认自己稍稍把事情搞过头了。

达维特的故事

这次事件后，灰猫头鹰使用起侦察的办法来了，就像这儿的农民根据熊洞找熊的那种办法。农民以熊洞为中心，围绕熊洞作圆周似的滑雪，等跟猎人讲好那熊皮的价格，便每天巡行包抄，在这种情况下，连一只老鼠也休想跑出那个包围圈。

有一天，当灰猫头鹰像平日一样巡逻回来时，在他的屋里意外地见到了阿娜哈里奥，她正在屋里等他回来呢！原来，她是乘飞机从金矿区飞到这儿来的。阿娜哈里奥听完了灰猫头鹰的那些非常了不起的新闻后，再没兴趣去讲她自己的那些不顺心的事了。

"我可是到处流浪啊。"她承认道。

从目前的新生活的角度看，这都是些生活琐事，不过，她还是得讲一讲可怜的达维特的令人忧伤的故事。

有那么一个喜欢不请自来、专插手别人事的人，关心起野生动物的智力开发和发育问题，他很诚恳地对达维特说，达维特所认为的在遥远的北方有一个广阔的未开发的狩猎区的事，纯属幻想；他还说，白种人的足迹已经到达

了最荒凉的野生国度中，走到了头，既没发现海狸，也没找到松林，这一切纯属无稽之谈。这位愚笨的改革家，不厌其烦地劝说他的受害者相信世上并不存在什么不知惊恐的鸟兽国度。他接连数月散布他的害人的看法，而且有所收获。尽管类似看法过去和现在都有些根据，但达维特只是半信半疑。不过达维特的幻想终究无情地彻底破灭了，那是与几乎就要到手的财富的丧失密不可分的，他的空中楼阁摇摇欲坠了。他的理想彻底破灭了，连最后的一线希望也消失了，他陷入了郁闷之中不能自拔。生命之源在他身上干涸了，他开始萎靡、憔悴，突然间苍老了许多，成了一个衰弱而可怜的老头儿。

在叶落前不久的一天夜里，他走来向阿娜哈里奥告别后就回家去了。他乘着灰猫头鹰给他的最后的礼物——独木船，带上很少的装备、心爱的猎枪和对往事的回忆，带上一颗破碎的心，在平静的、充满月光的夜色中，绝望地、孤独地向着童年生活过的地方划去。

我的时代来到了

冬天就这样不平静地过去了。灰猫头鹰的书出版了，除了书名之外，没有任何改动。随之而来的是很多特别有意思的事情。灰猫头鹰在银行的往来账簿上也有几笔小小的钱了。

"我的文章,"灰猫头鹰写道,"开始出现在各类刊物上,有些出版商觉得我的一些表达方式是错误的,好心地用一些正确的词语给与修正。但在我看来这些修改破坏了我想表达的印象,并没有能改得更好一些,于是我坚决地提出了异议。在通信中通过激烈而多方面的争论,出版商同意了我的观点——也许,更主要的是为了尽快结束通信,而不是因为别的原因。我想象着,我的一些信,仿佛因此被人用钳子从编辑部中钳了出来,并心情轻松地付之一炬了。

毫无疑问,因为我是一个业余作者,而不是专业作家,这一点救了我,再说出版商毕竟还是很通情达理的。

我读到了许多报纸上的评论,许多刊物的评论员也许了解我在写作技巧方面知识贫乏,他们是那样善良和宽容,甚至还表扬我。有些人也许想看一看我到底能有多大发展,于是都鼓励我、建议我继续写下去。有一些美国、英国的报纸,用几栏的版面刊登赞美我的文章。从德国、奥地利、伦敦和纽约纷纷寄来各种信件。我故乡的省份奥塔里奥的加拿大大学也给我许多赞许。我心情振奋,但也有些害怕,因为我是在开始干一件大事。我只是随便往空中乱放一箭,而箭返回时却长了丰软的羽毛。有两个评论家(不过,我最好还是应该准确地告诉大家,那只是一个评论家)显然为此有些不快,他们认为,一个粗野的人住在偏僻的森林里,保存着明显的当地人的特征,胆敢走出适合他的环境,胆敢明确地讲话,实在是胆大妄为。他觉得我们这两个人

的存在使他们蒙受耻辱，因为这两个人根本没有受过正式教育，只知道一些学堂里没教过的知识，他们对我们所了解的东西表示怀疑，而这些知识对于他们来说还只是一个模糊的概念。

之后，便出现了残酷的、令人痛苦的指责，说什么我书里写的几乎所有的篇章都是某个作家曾经构思过的东西。

这太不公平了，有段时间我痛苦极了。这就是说，这不是我写的书，而是纽约州乌吉卡的两个很棒的年轻人，再不就是某个阿伯丁人写的书。喏，就算如此，可我为写书所付出的辛苦，甚至那些从收音机里学来的、在同义词典反复推敲后所用的单词难道都是假的吗？话又说回来，就连莎士比亚，好像也曾与一个叫白港①的人有过不愉快，但他仍然是一个出色的作家。至于说到那些蔑视我的暗示，我是大度地对待的，而且，或许真的是我错了，我也许确实是一个从森林里跑出来的自命不凡的人，于是我再一次得到了艾米尔索的帮助。

他们无法想象，您这样一个外乡人，是最能观察自然界的，更想象不出，您是怎样才观察到自然界细微变化的，于是就说，'是他不知用什么手段从我们这儿窃取了光明。'他们甚至还不明白，光明是没有规律地顽强地照耀着整个世界的，当然也包括他们。

世上总会有这样的人，他们不会从门缝里看人，不会把人分成各个等级，分放在不同的小箱子里，再加上锁，这深深地感动着我。

也就是说，我的时代到来了。

我的书带给我的另外一个结果是，我的信件多得吓人。这个世界好像到处都有不可思议的人，有些信让我觉得，我最终从破坏者的圈子中走到了创造者的行列里，虽然贡

① 白港（1561～1626），英国哲学家。

献微不足道。信件的赞美之词使我们两人觉得特别幸福。现在，我们再不用在暗夜里无意义地叫喊了。我们的工作被认为是完全正确和明智的。但也有些要求是难于做到的，例如有一位丈夫进了监狱的芝加哥妇人，要求我们在动物身上少花些精力，竟坚持要我们在她迷途的丈夫获释之前收留她，用她的话说，这是减少人类痛苦的很值得的尝试，并建议我们从本质上两者选其一：要她还是要动物。

记者们巧妙地打听到我们的住址，赶来邀请我们参加蒙特利尔的代表大会，并打算让我在会上发言。我说服阿娜哈里奥和我一同去，以便得到她的精神支持，然后，找来一伙朋友保护海狸，我们就上路了。

从此，我开始认识了一些真正以保护自然为职业的人们，我可以结识一些真诚的朋友了。我还和许多人建立了珍贵的、非常有意义的联系，而且人数还不少，这种联系至今还保持着。

很多人是唯利是图的，如果听不到一大笔钱的哗哗声，那么他们就不会对事情感兴趣，这些人会彼此烦恼，彼此猜疑行事的动机。这些绅士们中大部分人做事都小心谨慎，极富目的性，这是多么可怕和令人担心的事情。听了他们讲的话，我开始明白了，相信一件事和轻信一件事是截然不同的；也弄懂了一位喜剧家的一句话：美元再怎么下跌，也跌不过为弄到钱而变得堕落的心灵。

但我必须更多地与那些真诚、亲切、认真地对待野生动物的人们接触，于是我跟许多人建立了联系，这些联系

是我灵感的源泉和友谊的基础。有一些人向我提出一些商业性的建议，他们认为我将占有一个富有的毛皮动物养殖场，于是就诚心诚意地想加入这个风险性极大的事业中来。

当我说不想用这些不断积累起来的知识做买卖时，他们就带着不可一世的神情嘲笑我。

也有一些别的建议，但最合适的还是国家公园管理处的建议，他们保证保护海狸。

主角从冬眠中醒来

从奥塔瓦寄来的一些信中告诉灰猫头鹰，他的"女王"杰里·罗尔和它的朋友罗乌海特不仅引起了当地群众的极大关注，而且也引起了大洋彼岸外国人的注意。而当获得荣誉的家伙们誉满全球时，它们却在结了冰的谷地城堡里睡着大觉，打着鼾声呢。世上竟有这样的怪事！

三月份，灰猫头鹰和阿娜哈里奥决定要想办法让冬眠中的幸福的家伙们醒来。他们在食品仓库附近的冰上砸了一个洞，然而发现里面是空的。于是就将嫩嫩的小白桦树枝、杨树枝、柳树枝丢进洞里，虽然并没有看到海狸出来，但树枝却不见了。

四月到了，天气转暖，冰雪消融。这是人与海狸的关系中最关键的时候。它们要么恢复野性，在春汛时游走，要么回到为"海狸族"服务的人们这里，灰猫头鹰真担心

它们独立的性情要高于对人的依恋之情。但是他一分钟也不允许自己犹豫，不允许自己被动地等待海狸的动静。他整理并填好了发运大桶和箱子的货运单，他好像非常自信，海狸醒了之后，一定会过这边来，与他们一起乘火车远行。与动物接触而得出的丰富经验培养了他果断的性格，因为他猜想动物也有某种第六感觉，能感受到人的犹豫，这会影响到它们的野生的独立性情。

除了一些日常用品外，所有的家当都渐渐地运到了火车站，已经没有退路了，剩下的只有坚决地向前走了。他们在小房子旁的冰上砸了两个洞，放上已经发了新芽的小柳树枝、杨树枝。饥饿的麝鼠闻到了气味扑向这些食品，但这些小树枝足够大家吃的，因为他们总是放许多的小树枝。

他们俩昼夜轮流守着洞口。刚过一星期，灰猫头鹰在值班时，就发现海狸游水时才会泛起的涟漪和气泡，海狸游过来了。它在拾树枝前，在洞口反复地游来游去，但因距离远，还是看不清它。显然，海狸在巡视以提防敌人对洞口的侵犯。灰猫头鹰在洞中间放上食物，以便海狸能看见。但天黑前，不见任何动静。

天气暖和了，冰开始沿着河岸融化了。灰猫头鹰和阿娜哈里奥轮流守在离洞不远的地方，一动不动轻轻地呼唤着它们，这声音在以往总是能唤来海狸的回应。在第三个温暖的傍晚，经过长久的巡视之后，一只海狸终于从水里冒出头来，发出长长的低沉的叫声，又大叫一声消失了。

他们又轻轻呼唤，继续紧张地等待着。大约过了半小时，海狸又出现了，迟疑地游了一会儿，终于明白过来，爬上了冰面。这是杰里·罗尔。"女王"还像原来那样一上岸照例梳理自己，仍是那样的叫声，仍是那样笨拙的翻滚，仍是那副高傲、自以为是的样子，它接过递给它的苹果，摇着头，发出短促的刺耳的叫声，吃了起来。

这真是一个重大的胜利！要知道，它在六个月的独立生活后，又回到了人的身边，像四季进行一样准确无误。现在令人担心的是罗乌海特了，但只两天后的一个夜里，一轮弯月悬在空中，灰猫头鹰和阿娜哈里奥发现在很远的地方有一个黑色的东西，一动不动地浮在水面上。杰里立刻在脚下忙乱起来，而那个黑色的东西游水时的样子很像海狸。突然，它又消失了，仅凭这一点就可断定，这是一只海狸，是一只完全从冬眠中醒来的海狸。第二天晚上，它游近了，抓起苹果就吃，第三天晚上，它就和另一只海狸一起在人们身边转来转去了。这又是一个新的胜利，因为，像杰里一样，这是一只在人们的喂养下还没长大的海狸，主人完全放它归于自然，大约呆了半年的时间，又主动回到人们这里来。气氛缓和下来了，可以不用担心了，灰猫头鹰往国家公园管理处发了一封信，通知他们，海狸已经主动回来了。

接下来的任务是抓住海狸，不过这样一来就会使它们陷入极端的恐惧之中，使得在 1600 多千米的旅途困难重重，此外，动物单纯的心理也会使它们失去对人的信任和

忠诚。要知道，骗它们一两次就足够使多年来的苦心经营付之东流，之后要再扭转局面，只有那些极聪明的人才能做到。

灰猫头鹰试着去抓杰里·罗尔，但它已经长得又大又有力气，想把它从地上抱起来是很不容易的，更何况它正想全力反抗呢。阿娜哈里奥也试着去抓，仍是一无所获。任凭两个人拽它的耳朵，撬它的嘴巴，拉它的尾巴，把它翻在地上，可海狸就是不愿被抱起来，于是，他们做了一个木箱子，面向湖水，打开盖，侧着放好。"女王"爬进箱子，丝毫没有怀疑什么。灰猫头鹰和阿娜哈里奥怀着内疚的心情盖上了箱盖子，他们觉得欺骗了朋友，虽然这对它有好处。灰猫头鹰绑好背带，背了起来。"女王"冻僵了，在获得真正的自由之前，它在小房子里一直沉默着，非常恐惧。很快，它就不再沉默，它觉得非常委屈，像孩子一样大发脾气，吼叫着使劲拉扯灰猫头鹰的衣服。灰猫头鹰把它抱到膝盖上，它胖墩墩的，像个两头窄、中间圆的小桶，紧紧贴着灰猫头鹰，灰猫头鹰轻轻地摇晃着它，劝了好一阵子，才使它渐渐清醒过来，四下里望着，认出了熟悉的环境，平静了下来。

罗乌海特不想进到箱子里，因此抓起它来略有些困难，但是灰猫头鹰对它可就一点不客气了，上前就用手抓住它，带回房子里。

夜里，海狸们根本没有试图溜走的意思，它们安心地呆在专为它们准备好的镀锌的、通风良好的箱子里。在这个大难题解决之后，剩下的事就是带上它们一同到城里去。

当地魁北克政府拒绝赋予海狸任何权利，并且当即让它们到渡口去。两位印第安人在城里结交了很多朋友。当他们离开时，那些快乐的、和蔼可亲的法国籍加拿大人从城里赶来向他们道别。

在不知惊恐的鸟兽国度

灰猫头鹰对他的海狸禁猎区的生活是这样描写的：

"现在是秋季，是收获的季节，就像那些具有责任感的社会人士在四处活动一样，'女王'和它的一小队人马也开始忙活着储备过冬用的东西。

通往岸边的小路和河道都清扫干净了。这些地方，从晚上 4 点钟一直到黎明，几乎每个小时都十分精确地有树木轰隆着倒下。堆在小房子前面水洼里的巨大的食物储备一天天在增加，并且堆得越来越多，人们找来一些大圆木，将这些食物压到更深些的水里，把从树上弄下来的小树枝，特别是嫩一些的树枝条儿都放在将结冰的水层以下。

海狸们，或独个，或分成小组，或像阅兵一样排成一条线，慢慢地在水里游着。它们背上背着重重的树枝和五颜六色的树叶，这真是一支盛大的森林游行队伍。有时，我调好收音机，于是，海狸们就在交响乐队的伴奏下，缓慢地、坚定地行进着。我真想让整个世界的人都来看看这

动人的场面！

秋天，连小海狸也开始做一些有意义的工作了，但看起来，成年的海狸对这些年幼的海狸要求并不怎么严格。小海狸们幸福地、无忧无虑地做游戏、打架和观察琢磨这个世界。它们或成群结对，或一组一组地在生养它们的池塘里飞快地游来游去。它们各自形成了友好的团伙，相互尖声大叫着，这使正在工作的成年海狸感到厌烦，并且很生气，尽管如此，成年海狸却并没有表现出任何不满的情绪，为了防止意外地碰伤小海狸，它们不得不更加操心、忙碌。这做起来比较困难，因为小海狸常常把一些笨重的圆木或者一大堆树枝扔到路上，然后集体堵住道路。看来，这些毫无责任心的宠儿们，被幸福笼罩着，在每一件悲惨的事件中，它们不仅能幸免于难，而且还能找到新的乐趣。

假如一只大海狸拖着重物从它们旁边经过，那可真是天赐良机。它们就像有人指使一样，一同飞快地冲向重物，搭上它，使劲推，或者从大海狸背上扒下一点树枝，然后爬上去，或者是煞费心思地想让大海狸参加它们的活动或玩什么水上游戏。它们特别想改变小池塘里的单调的生活，但是却给成年的海狸带来很大的不愉快，尽管后者很宽容地对待它们。当然，成年的海狸对它们的狂妄行为也会反抗：它们不会静静地等着这帮趁火打劫的匪徒们自动散去，而是连同绳子一起猛地扎进水里，想在水里搅乱'敌人'的阵线，但这样的作战计谋很少能得逞，因为在没夺下货物前，只要年长者稍一动，或者，相反，待它刚从深水里探出头来，这些寄生的小魔鬼们就猛烈冲上去，不停地追逐它们。

这里所描写的情景，以及各种吵闹活动、焦躁的情绪，给要求极大的热情和耐心的繁重工作带来了快乐和欢喜。但渐渐地，'海盗们'停止了抢劫活动，把过剩的精力转向做更有意义的事情上来，它们也开始耐心地、有秩序地拖一些体积小一点的东西了。

小海狸之间热热闹闹的打架斗殴事件经常是很猛烈的，但并不造成伤亡。它们中间总会有那么一个自认为力气比谁都大的家伙，但是在一个秋高气爽的日子里，它不可避免地遭到了一群小海狸的伏击。如果这场伏击是发生在河岸上，难以逃脱的话，它会非常后悔在大家面前吹牛。它觉得力不从心，就拼命往水里跑，头朝下，匆匆忙忙，侧着身子，像石头一样沉入水底。这件不愉快的事情很快就被大家忘记了——这些小动物们什么事都不往心里去，等那只海狸回来后，它们就不再去惊扰这个刚被打败的冠军了。

白天的大部分时间，池塘里是非常平静的。但在日落前的一小时里，会从水里露出一个个黑色的脑袋，并从四面八方传来很响亮的叫声，于是，平静的水面上，岸边的小房子附近的空地上，沸腾起来了，那会让人想起旧式中学校园在下午4点钟放学时的情景。

从一大群海狸中辨认出某一只海狸，甚至将所有的海狸一一分辨出来，似乎是不可能的，因为它们外表长得非

常相似。但总还是有办法辨认的。不足两个月的小海狸常常在离家很近的地方玩耍，这时，我会十分认真地训练它们，使它们驯服。渐渐地，它们开始长大，声音和步态也开始各有特色，外形也会有所不同，如果你仔细观察，就有可能辨认它们。我能在它们中间数出至少20只相像的海狸，而在此之前，觉得它们就像许多大小一样的豌豆或者就像房间里飞着的苍蝇一样，让人无法辨认。

海狸在发育过程中，刚一有所区别，我们马上就给它们取上名字。于是，我们就有了'幸运儿''无赖''歪克尼''歪克农''银腿''大散弹''甜头'和'杰里·罗尔二世'，等等，在我们这儿，几乎所有能起的名字都起过了。尽管如此，海狸们却从不认可自己的名字，不过每次用颤动的、凄凉的叫声召唤它们，它们准会赶来。这召唤声很像海狸常常发出的一种声音，但这声音却又与其不同，一发出来，海狸们就能准确判断出是谁发出的。这种颤动的、拉了长音、走了调的、类似于'玛……乌……依'的叫声，一遍一遍地响起，虽然海狸们并不回应这叫声，但常常还是被吸引过来。很快这种叫声成了呼唤所有海狸时共用的名字，于是我们把每只海狸都叫做'玛……乌……依'。如果我们只呼叫一只海狸，那么，其他的也都会过来。这个发明可实在太有用了。这个名字的方便之处在于：'玛……乌……依'的发音很像奥季布瓦语中'喊叫'的发音。而只要方便的话，海狸们随时都喜欢做这种游戏。但它们的性格是相当独立的，人们召唤时，它们

家园的故事丛书

或者赶来，或者答应一声，过几个小时后它们还会答应一次。但每到夜里，它们至少要出现三次，而且一定是在清晨和临睡时。

像从前一样，它们的破坏行为仍在继续。我们在长时间外出巡视之后返回家时，常常发现屋子里有抢劫过的迹象。撬门入室的事件几乎每天都有，'窃贼'很熟练地打开锅盖，偷走所有的东西，连一个土豆也不留。有一次，土豆放在调味汁里，海狸们的爪子够不到，于是，它们找到了一个最简单的办法——把锅翻了过来，弄到了土豆。有时，它们将装木柴的箱子洗劫一空，或者打开装苹果的箱子，甚至连椅子也被拖到湖里，但也只是白白地扔在那儿，没派上什么用场。显然，它们认为盘子是很珍贵的战利品。装米饭的盘子因没有固定在地板上，在米饭吃光后会马上失踪，我们再也见不到了。

一些盘子就这样无影无踪了，尽管如此，会有一只盘子在失踪三个月后，又很客气的被送回来，干干净净地放在房子附近的岸边上。

有一次，我在守林人那里耽搁了一阵后返回来，到房子后面去拿木柴时，发现那些我劈来专为夜里用的木柴不见了，而且用来压火的新劈的木棍也不见了。我感到非常有意思，以至当时竟没有发现更严重的一件事，当我发觉四周有点空荡荡之后，才反应过来，原来一个当仓库的帐篷也失踪了。观察了一阵之后才发现帐篷堆在另一处地上，撑帐篷用的杆子大多数都不见了。值得庆幸的是，里面没

有放什么东西。固定在地面上的锯木头用的三角架也被贴根咬断偷走了。此后，我再也没见到过这些东西。当然，这一切都是'女王'为了显示它的统治权而干的。这件事的特别之处在于，它是在我万不得已滞留在外（也是唯一的一次）的情况下发生的。

我收到了许多信，信中都提到保护自然的事，并向我提出了许多在我来讲很亲切的问题。这样的信我一共有几袋子，我根据内容将它们分成几类。有一次，我想再次看看一只袋子，把这只袋子搬进屋里，不假思索地堆到角落里。然后，我到屋外干活去了，没有去留意那只袋子，后来，我改变主意不打算再去读那些信了，可是发现袋子连同信全都不见了！海狸窝里莫名其妙的骚动说明它们已把'猎物'运到了窝里，正为分赃打架呢。我了解'小偷'的性格，那熟悉的、疯狂的尖叫声告诉我，杰里·罗尔正在战斗着，绝望地捍卫自己的权力。接下来的吵嚷声几乎是恐惧的，那情景特别荒唐，杰里正勇敢而又徒劳地捍卫着那些掠夺来的东西——几百封它看不懂的信。

也许，它觉得它一直是银屏上的明星，无疑是一个大人物，由于自尊的缘故，它想它该与那些崇拜者们亲自通信，尽管如此，这些信至今也没有回音。这些信的作者无论如何也想象不出，他们写的信竟成了建设海狸之家的'基础'。但归根结底，它们是为保护自然服务的，也就是说，是为作者们从未打算实施的思想服务的。

水面开始结冰了，海狸们成功地在河道上保住了一块

未结冰的水域，并且直到最后一刻还在努力拖运截断的小树枝以备冬天吃。为此全体海狸每天都在不停地打碎冰块，它们将这块水域保护了约一个星期。之后，水面结结实实地冻上了。将近圣诞节时，杰里还到过我们出于自身考虑而砸开的冰窟窿那儿，在那儿我给了它一些苹果。过一段时间，它就来取一次苹果，它返回去之后，就会传来争吵声，之后，又会听到均匀的、有节奏的、满足的吧嗒声和咀嚼声。我特别担心，由于气候严寒，习惯了海狸窝里温和、潮湿气候的这些动物可能要生肺病。我之所以这样想，是因为有一次，在一个大冷天，当杰里从冰窟窿那儿露头时，并没有像平日那样问候主人，我就近仔细察看，发现夜里寒冷的空气使它无法呼吸，因此它很快退回去了。于是，我从冰窟窿往下面塞苹果，之后，让冰窟窿水面结一

197

层薄冰。从此，我再没见到过'女王'，但苹果却定期取走了。

一年半以前，在飞快壮大的杰里王国里出现了一个新的臣民——我们的小女儿出生了。她和杰里和睦相处，但我们不允许小女儿到不合适她去的地方去——杰里生性要侵占她所喜欢的东西。

虽然杰里比女儿重 9 千克，但她们却差不多一样高。她们勇敢地面对面站着，有时还谈论着什么。在我看来，她们谈话用的语言，是任何人从未听过的。当那个大黑毛'玩具'，善良的长着漂亮的带色牙齿的长毛'绒熊'（成年海狸的前排牙齿是深黄色的）从她手里抢去苹果时，小姑娘会特别高兴。雌海狸不像平时与我们相处时那么胡闹，而是温和地拿起礼物，但也从来没有像谦逊、勤劳、耐心的罗乌海特那样温柔。显然，罗乌海特从未想过它的那条比正常腿丑的瘸腿，也许，它已经忘了我差点要了它的命。现在，这一切对它来讲都是无足轻重的了。它有自己的事做，有自己无限疼爱的孩子们，它真是觉得自己很幸福。有时，它坐在那儿看着我，是那样平静、专注和不可琢磨，我真想不惜一切代价，来弄明白这张冷静的面孔下，这双认真观察的眼睛后面到底隐藏着什么。

它在'海狸之家'中享有无上的权力。因此，如果它哪一天决定从这里带走它所有臣民的话，那么除了衰老和死亡，世上没有什么能阻止它。所以，我也得小心，别得罪了它。

　　它和杰里闻名于很多国家，但它们却非常单纯幼稚，完全不明白自己获得如此大的荣誉。它们躺在那儿心满意足地打着鼾声，我就坐在那儿沉思起来：'女王'还记得遥远的杰米斯卡乌阿达的那个小黑屋吗？还记得那里的床铺、桌子及炉子旁的鹿皮小地毯吗？还记得我每次回到家时，它就对我的欢迎吗？还记得在罗乌海特到来之前，我们彼此亲密、相依为命度过的那些漫长孤独的日子吗？还记得当时是怎样喜欢'帮'我提水，当着我的面'砰'的一声关上门吗？我们又是怎样一同写书，以及后来它的失踪，差点死了，阿娜哈里奥又是怎样回到我们这儿的吗？

　　也许，它只能模模糊糊地记着这些，因为现在它已统治着罗乌海特、阿娜哈里奥、小霞（灰猫头鹰的女儿）和我们大家——它已经非常满足了。"